和三郎江戸修行　愛憐

高橋三千綱

集英社文庫

和三郎江戸修行　愛憐

第一章　江戸見参

一

赤い布がかけられた縁台に、盆に載せた甘酒がふたつ置かれた。茶屋にいる客はふたりの他に一組の老いた男女がいるだけである。ただ、通りを往来する者の数は高輪の大木戸だけあって絶え間がない。

岡和三郎は菅笠を取り傍に置いた。軒を囲んだ葦簀張りの隙間から朝の風が漏れ入ってくる。

沙那は和三郎の様子を窺ったのか、安心したように笠を脱いだ。すると周囲の景色が変わったように見えた。それが沙那の目を瞠る美貌のせいだと知って、和三郎は腹の中で赤面した。前にたった一度、それも沙那の兄の原口耕治郎のところにもらいものの焼酎を届けたときに、肴をもって現れた沙那をちらりと一瞥しただけなのである。

あれから一年とはたっていないはずだったが、沙那はすっかり大人びた容貌になっている。和三郎は十六歳だという沙那の年齢を忘れて一瞬頭の中が空白になった。

「それで……」

と口を開いたが何を言ったらいいのか分からなくなった。頭の中で猿と犬と、ついでに雉も混じって吉備団子を前に一悶着起こしている感じなのである。

(しっかりせんか)

和三郎は甘酒を取り、箸でかき混ぜてから一気に飲み干した。傍にいる沙那が目を瞠ったようだった。

「馬廻り組頭の工藤四郎右衛門殿が、すぐに江戸へ行けと沙那さんに命じたんか」

「そうです」

工藤四郎右衛門という組頭など知るわけがない。冷や飯食いの和三郎には無縁の存在だった。

「それはいつのことや」

「六月二日のことです」

「二日？　で、いつ出立したんや」

「翌々日の六月四日です」

日数を数えてみて和三郎は驚きの声をあげた。

「わずか二十日間で越前野山（えちぜんのやま）から江戸に来られたというんか」

「はい」

沙那は甘酒に手をつけようとせず、身を硬くしている。時折傍の男を目を上げて見つめようとするが、すぐに視線を下に落としてしまう。

（この面（つら）がいかんのだ。女子（おなご）の気持ちをなごませるようにはできておらんのじゃ）

「東海道を来られたのか」

「いえ、中仙道（なかせんどう）です。穴馬（あなま）街道の西路を通り、油坂峠（あぶらざか）から美濃（みの）に入りました」

「女の足でそれは大変なことやったな。中仙道には碓氷（うすい）峠やら難所がたくさんあると聞いておる。河川も多く吊（つ）り橋も危険じゃ。何故、中仙道を取ったんかの」

東海道なら難所も少なく、越前野山土屋（つちや）領から百四十一里である。

「そうするように工藤様から申し渡されました」

「そうやったんか」

組頭とはいえ随分細かいことまで指示するものだと妙に思った。

（なぜ急に原口耕治郎の妹を江戸に行かせなくてはならなかったんや。仇討ちといっても相手は原口さんを闇討ちしたやつだ。江戸に行けばすぐに見つけられるというものでもない）

そう思ったが、和三郎の口から出た言葉はひどく子供じみたものになった。

「私の面構えが怖いか」

「は？」

沙那は顔を上げて真横から男を見つめた。

おまえはアホかと和三郎は自分を呪った。工藤某の腹の底を探るつもりが、唐突に、しかも何の脈絡もなく、再び自分の面が無骨にでき上がっていることを思い出していたのである。

沙那はずっと自分を避けているように見えたのに、組頭の命令とはいえ、いたずらに東海道の高輪で待っているものだろうか、という疑問と重なり合っての愚問だった。

沙那の答えは率直だった。

「怖くはありません。男らしいお顔です」

いきなりのヘンな問いかけにも沙那は動揺することなく澄んだ声でいった。和三郎が狂喜乱舞という言葉を頭に思い浮かべたのはそのときである。同時に、自分はちょっとおかしいと思った。

「では遠慮せんと甘酒を飲んだらどうや。飲んだことあるやろ」

「ありません。お酒はどうも……」

「いやこれは酒ではない。米麹で作ったものだ。甘いし疲れが取れるぞ」

そこで調子に乗って和三郎は茶屋の娘にもういっぱいお代わりを頼んだ。沙那の頬に笑みが浮いた。沙那はほっとした様子で甘酒を一口飲んだ。

「おいしい」

白い歯がこぼれた。歯の先端に葦簀張りから漏れてきた木漏れ日があたり、貝殻のように輝いた。黒い瞳に男の影が映り、和三郎の胸は幸せ色に染まった。

和三郎はあわてて顔を引き締めた。

「しかし、沙那さんが江戸に来るのは兄上の四十九日をすませてからではなかったのか」

「四十九日は致しません。葬儀も家族だけですませました。親戚では父の弟にあたる叔父が来られただけです。それに……」

「ん？　何や」

「形だけですませるように工藤様から申し渡されました。死因も悪性の肺の病いということになっています」

実際には原口耕治郎は深手を負って組屋敷に担ぎ込まれた。

「工藤様から兄の死は、闇討ちに遭ったものでそれは私闘だといわれました。わたくしの戦いという意味だそうです。その死は不名誉なものであり、公に葬儀など許されるものではないといわれました」

「そうであったのか」

そう決めたのは組頭ではなく、さらに上の者からの通達があったからだろう。だが、和三郎はにわかに膨れ上がった憤りを抑えることができず、茶屋にいるのにもかかわらず、声を荒らげた。

「しかし私闘とはどういうことだ。原口さんは藩命で江戸に向かわれる途中で闇討ちに遭われたのだ。しかも相手は不埒者（ふらちもの）ともいえる方の仕掛けたものであることは、藩の重役は重々承知していたはずだ。うらもこの耳でお年寄り様が口にするのを聞いている。なぜ今になって私闘などといわれるんや」

和三郎の中では藩政の中枢でうごめく闇の首領の影がすかし見えていたが、あえて口にしなかった。

「兄が闇討ちに遭ったというのは本当のことなのですか？　わたしどもには何も知らされておりません。父も母も、兄は御用の旅で江戸に行ったものとばかり思っておりました。和三郎様は詳しいことをご存知なのですね。ぜひお教え下さい」

そう問われて和三郎は針の筵(むしろ)に座っている心地になった。兄からは、原口は闇討ちに遭って療養中だといわれていたのである。当然、原口は組屋敷で寝ているものと思っていた。それがそうではないと知ったのは、お年寄りの田村半左衛門(たむらはんざえもん)を前にしたとき、勘定奉行の森源太夫(もりげんだゆう)から聞いた。

和三郎は腕組みをしてうめき声をあげた。

そのとき和三郎に二杯目の甘酒が運ばれてきて、いったん一息つくことができた。それで少し話をそらすことができた。

「うらにも詳しいことは何も分からないんや。なんせ五月の半ば過ぎにいきなり勘定奉行が武田(たけだ)道場に現れて、うらに江戸で武者修行をしてこいといわれたんやからな」

「武者修行ですか」

「うん。原口さんの仇討ちの助太刀(すけだち)をせよというのは、表立った名目をつくるためやと思うているんや」

しかし、原口が受けたものと同じ密命こそが、本来の目的だった。

和三郎が、その後に自分の身に起きた奇怪な出来事を今語るべきではないと感じたのは、何も知らない沙那を巻き込みたくなかったからである。

今こうして、ここに自分と一緒にいることで、この娘にどんな危難が降りかかってくるか未知数なのである。それに自分が語る前に、沙那には質問することがたくさんあった。

ただ、狭隘(きょうあい)な谷間に、激流が一気に流れ込んできたような状態に置かれた和三郎には、どこから話を聞いたらよいのか、細かい流れがもつれて整理がつかなくなっていたのである。

二

大木戸で沙那に声をかけられたのは、わずか一刻(いっこく)（約十四分）前のことなのである。

「原口さんが襲われたことに関しては、ここで軽々しく話すことではないんやないか。それより心配なのは葬式さえ許さんかったお上が、原口家をどうするつもりでおるのかや。お父上には何か沙汰があったんやろか」

「父は兄上に家督を譲ってからはずっと隠居暮らしです。土屋家から隠居料として五両二分二人扶持をもらっている身ですので、上役から何か沙汰があってもわたしには何も申しません」

「五両二分二人扶持か。それだけでこれからは暮らせといよるのか」

「あの……」

珍しく沙那は言葉を詰まらせた。

老夫婦らしい二人が茶屋を出るのと入れ替わりに、江戸から旅立つ者を送ってきた町人が六人、騒々しく入ってきた。その者たちが奥の間に行くのを待ってから、沙那は唇をすぼめて小声で話し出した。

「おかしい話だとお思いになるかもしれませんが、組頭の工藤様がわたくしにすぐに江戸に向かうように命じられたあとで、こう申されました」

「うん、申されたのか。で、何と申されたのじゃ」

「本来なら原口家は断絶になるのだが、特別の計らいをもって、わたくしの婿となる者に家をつがせる、と申されました。兄を病死としたのは原口家の存続を許すためだ、と」

婿、という言葉は和三郎の胸の内で大きく反響した。

沙那は甘酒を盆に戻して元のように体を硬くした。

「婿をとるのか」

希望者はヤブ蚊のように、ぶんぶんと音をたててまとわりついてくるだろうと思った。

馬廻り四十俵は江戸ではものの数には入らないだろうが、実質二万七千石から三万五千石の収穫しかない野山藩には、武士二百六十名、中間(ちゅうげん)や陪臣を含めると四百名あまりの者がひしめいている。その状況下では、十分に魅力的な扶持米といえるものだった。

土屋家では一石は二俵七斗としている。昨今の米相場に照らし合わせれば、四十俵の扶持米は、石にすれば十五石ほどに相当するはずだった。

「いつ婿をとるんや」

「兄上を殺(あや)めた仇敵(きゆうてき)を討ち果たしてからといわれました。それは岡様もご承知のはずだとお伺いしましたが」

「うん。存じておる」

武家言葉が知らずに口をついて出た。

「そのとき、仇討ちの介添え役が、岡和三郎様であることも知らされました」

「そうや。だが、馬廻りの組頭がそんなことまで存じておったとはな、異なことじゃ」

馬廻り組は番頭の支配下に入っている。

和三郎が最初命じられたのは勘定奉行からであり、それは重役のひとり、お年寄りの配下にもあたる。それは家老の監視下にもある役だった。いわばどの重役からも見張られているのが、藩庫を預かる勘定奉行という役なのである。

土屋家における重役とは家老、お年寄り、それに中老にあたる用人をいう。家老は江戸に留守居役の白井貞清と黒田甚之助がおり、国許には田村景政を筆頭として三人の家老がいる。

番頭も側用人と同じく重役並みだが、どうもその命令系統は三重役とは異なって、領主が直接、使いを命じるものではないらしい。その辺は部屋住みの和三郎が関知するところではなかった。

ただ、今の番頭が古手の実力者で、名前は中越呉一郎であることは、和三郎の耳にも届いていた。馬術の名手としてだけでなく、中越は馬上で槍をふるう軍馬術の遣い手として若い頃は鳴らしたという。

馬廻り組頭の工藤四郎右衛門は中越呉一郎直属の配下にあたる。

「仇討ちはよくても、闇討ちに遭ったことは、それこそ闇に葬るということか」

その飯塚という刺客は、和三郎がすでに浜松の城下で斬り捨てている。すなわち、沙那が求める仇敵はもうすでにこの世におらず、沙那の仇討ちの役目は、介添え役によってもう果たされているのである。

(じゃが、うらが殺した飯塚某という刺客は、上の者に命じられたに過ぎん。あやつは奉行に命じられたと最後に口にしたが、はてそれは出まかせに過ぎないかもしれん。いずれにしろ原口さん殺しを命じた黒幕こそ、本当の敵なのだ)

「それで、仇討ちの免状を土屋家から頂きました。もし、仇敵を見つけ、敵討ちを果たすことができたのなら、原口の家は存続できるのです。わずか四十俵でも父と母にとっては命のお米なのです」

「そうやな」

浮かない顔で和三郎は返事をした。沙那は少し不可解な表情で見つめている。

(この方にとっては、仇討ちの介添え役というのが気にいらないのではないかしら)

と疑っているのだろう。広い江戸で、顎に大きな痣のある男を見つけ出すのは容易ではないことも沙那は承知しているはずだ。だが、それを成し遂げない限り、両親も自分も生きていく糧がないのである。

しかし、和三郎が浮かない顔になっていたのはそういった沙那の危惧したこととは少し異なっていた。

（武士とはつまらないものだな）

ひっつめていえば、そういうことだった。

知行取りとは違って、馬廻り組何十俵という扶持米取りは、一代限りの抱えが建前になっている。だがそれでは武士は家族を持つことに不安になり、藩政の維持の衰退につながる。それで慣習として、土屋家では扶持米取りの家も代々世襲になっている。

「それで首尾よく仇討ちを果たしたら沙那殿はすぐに野山に戻られるのですな」

「はい」

「ではうらも、沙那さんの婿とりに協力しなくてはなりませんな。ここで甘酒などを飲んでいるときではなさそうだ。それにしても婿になる男は運のいいやつだ」

その男のためにうらは命がけで働いたことになる、と甘酒を口に運びながら和三郎は無念に思った。

あの、といって沙那がつらそうな顔を向けた。

「その、婿というのは、岡和三郎さんだと、そう組頭様は申されました」

そういうと沙那は泣き出しそうな様子になってあわてて目を伏せた。和三郎は飲みかけた甘酒を吹き出した。

三

「うらが原口家の婿に入るというのか」

「はい」

沙那は上目遣いに日焼けした男を見上げた。男の頬が細かい痙攣（けいれん）を起こすのを、それは怒りのせいなのではないのか、と十六歳の少女は感じていたのである。

「そ、それはどういうことや。うらが沙那さんの婿になるなんて、何にも聞いておらんぞ」

「そう伺っています。和三郎様は何もご存知ないと。それはわたくしも同様です」

「急にいわれたということか」

「はい」

「誰にいわれたんじゃ」

「組頭の工藤様です」

また、組頭か、と和三郎はため息をついた。この組頭は察するに個人では何の考えもなく、また命令権も持っていない。

(単なる通達役なんや。じゃが、原口家にとっては恩ある上司となる)

「婿の話が工藤様の口から出たのはいつのことや」

「すぐに江戸に発(た)つように命じられたときのことです。介添え役の岡様が仇討ちを果たしたら、和三郎様を婿にせよということでございました。でも、もし……」

「もし、うらが反対に斬られて死んだら、婿入の話はなくなるということかな」

先回りして和三郎はそういった。沙那は小さく頷(うなず)くと、そうしてしまった自分の行為を恥じるように目をしばたたいた。

「仇討ちが果たせなかったときは、沙那さんにどうせよと組頭はいったんや」

「しばらく沙汰があるまで下(しも)屋敷に留(とど)まるようにいわれました」

「下屋敷には嫡子の直俊君(なおとしぎみ)がおられる」

嫡子は本来土屋家上(かみ)屋敷に住まいするもので、次の領主になるお方が、たとえ七歳の少年とはいえ下屋敷に住まいするなどという話は、世情にうとい和三郎でさえついぞ聞いたことがない。そのあたりに藩政の緩みを感じるのである。病弱の当主忠直(ただなお)様を支えるべき重役どもは、直俊君の不遇を何と思っているのか。

その直俊君を陰ながらお護(まも)りするのが、お年寄りの田村半左衛門から和三郎に下された密命なのである。しかし今や自分ひとりごときが護衛に加わったところで、何の役にも立たないと和三郎は冷静に見ている。

(敵はうじゃうじゃいる。なんせうらを見張っている輩(やから)がいるくらいだからな)

腹の中で笑っていると、神妙な様子で沙那が口にした言葉をあやうく聞き逃しそうになった。

「はい。しばらくは直俊様についておられる他の女中の方の、お手伝いをするようにというお言葉でございました」

「そうか。直俊君は江戸ではなにかと御不自由されていると聞いている」

そう返してから、和三郎は自分の役割について沙那にどこまで説明したらいいのか、迷った。

事の発端は、誰か重要な人物を、江戸に送り込む計画をたてたことだろう。それが誰で、何のために江戸に送り込んだのかも和三郎には丸で見当がついていない。実権を掌中に納めようとする者どもにとっては、藩政を左右する人物であるのかもしれない。

ただ、その人物が、刺客の手を逃れてなんとか無事に江戸にたどり着くための囮（おとり）としての役目を、自分は負わされたのだということは、今では察しがついている。

しかし、いきなりそんなことを出会ったばかりの沙那に話したところで、困惑するばかりだろう。

沙那の役目はもっと小さく、敵方にとっては単なる思いつきみたいなものなのだろう。

「ただ、いずれは中屋敷に移ってもらうともいわれました」

沙那は素直に答えている。

「中屋敷か」

蠣殻町（かきがらちょう）にある広大な屋敷である。

中屋敷には当主の忠直様の正室嘉子（よしこ）が住まわれている。七千石の旗本の三女であった方だ。奥方も本来なら筋違橋（すじかいばし）門内の上屋敷にお住まいするべきだった。三年前に忠直様が領主になって以来、そういう無礼なことが平気で行われている。

先年まで、中屋敷には、前領主の忠国（ただくに）様の祖父、五代目藩主の土屋義崇（よしたか）様が住まわれていた。もう八十歳を過ぎるはずだが、未（いま）だにご壮健だと和三郎も聞いている。

せめて中屋敷にでも、直俊君が一緒に住まわれればよいものを、と和三郎は不思議に思っていた。直俊君を護るにしても下屋敷は明らかに手薄だった。

「いずれにしろ、沙那さんが中屋敷に移るということも、うらが殺された後の話やな」

和三郎は話を元に戻した。

「はい。申し訳ございません」

もう仇討ちの相手は斬り殺しているのである。自分が敗れた後の話には何の意味もない。

だが、そのことに和三郎は触れようとしなかった。あなたの仇討ちはもう済んでいるのだ、と話す気もなかった。

そうしてはならないものを感じていたからである。原口耕治郎ともう一人の武田道場の師範代、岩本（いわもと）喜十（きじゅう）が闇討ちに遭った事件の背景にある闇は深くて、その黒い霧の澱が何重にも折り重なってたなびき、或いはのたうっているのである。

刺客の仇討ちが成就したので婿とりをしよう、という単純な話ではないのだ。

「岡様にはご迷惑なお話でしょうが……」

沙那の頭の中には婿を得て、四十俵の家を存続させることしかない。

和三郎は慎重に言葉を選んだ。

「迷惑ということではないんやが、この話は少しきな臭い」

「え、それはどういうことでございますか」

「話が急に展開しすぎるんや。婿の話などどうらの兄も知らんことじゃろ」

「岡壮之助様には、組頭様からお話は伝わっているとお聞きしています」

「うん」

といってから、和三郎は不意に茶屋に思いがけなく長居したことへの不安を感じた。ここにいてはどうにも落ち着かないのである。それに恐怖に似た気持ちも湧き上がってきた。

本来なら和三郎は藤枝宿のはずれの農家の庭で、為五郎という恐らくは新たに和三郎を追ってきた野山藩の刺客の手裏剣に打たれて、絶命していたはずなのである。運良く生きられたのは、たまたま楯になった者がいたからである。

茶屋を出るつもりで小女を呼んだ。

「もう行こう。客がたて込んできた」

「はい」

銭を置くと和三郎は菅笠を被った。沙那も同じようにした。

四

茶屋を出る前に街道を、簾とその先に置かれた葦簀張りを通して透かし見た。こちらを注視している者がいないのを確かめると、沙那を従えて茶屋を出た。人の流れに入ると歩調を合わせて歩いた。

和三郎にはどこへ行くというあてはなかったが、まず沙那を本所菊川町の下屋敷近くまで送っていく必要があった。だいたいの場所は頭に入っている。その後、沙那とどういう風に接していくかということまでは、今はとても頭が回らない。

和三郎の胸の中には、様々な疑念と疑惑が渦を巻いているのである。最初に片付けなくてはならないのは、やはり沙那のことである。

（やすやすと婿になれという手にのってはいかんな）

馬廻り組頭が沙那に命じたことは、まず和三郎を江戸から越前野山に戻すことにある。婿の話などその餌に過ぎない。

(うらを殺す気やな)

最初に直感したのはそういうことだった。敵側の意図があからさまであることと、岡和三郎という一介の冷や飯食いが、今や彼らにとってはうとましい存在になってきたということである。

(江戸でうらを殺すとなると、色々と目立ってやっかいだろう。殺すのなら野山土屋領でやる。しかし、そこに沙那さんを巻き込んではならない。この人も両親も何も知らないただの善良な人なのだ)

このひと月の旅の間に、和三郎も自然と学ぶものがあったらしい。人の表裏もなんとなく見えるようになった。事の善悪にからんで、なんでもかんでも鼻息を荒くする野生の動物とは少し違ってきたのが自分でも分かる。

「沙那さん、荷物はないのか」

「はい。昨日江戸に着いてすぐに本所菊川町の屋敷にご挨拶に参りました。その折、下女部屋に荷を置かせていただきました」

「昨夜は下屋敷に泊まったということやな」

「はい」

「うらがすでに江戸に入っていると思っていたのではないんか」

「はい。でも、まだお着きになっておられませんでした」

「着いてないとな。それは誰が言いおったんじゃ」

和三郎は足を緩めて沙那が追いつくのを待った。

「屋敷におられた男の方です。多分、江戸在府の方です。野山訛りがございませんでしたから。あの、それが何か？」

（自分がまだ府内に入っていないことを、これまで何の接触もしていなかった下屋敷の者が何故知っているんや）

それも江戸で仕官した者となると見当がつかない。

（うらの名前は江戸在府の者にも知られているということか。一体いつからそんな名のある者になったんか）

「いや。ただ、これからは向こうでもうらの名前は一切口にしないようにしてほしい。うらは下屋敷には行かんようにするつもりじゃ。なんせ、介添え役が屋敷でくすぶっておっては話にならんからの」

誤魔化したつもりだったが、沙那を見ると眉間に細かい皺を寄せて剣呑になっている。沙那を子供扱いしたことを和三郎は恥じた。

「うらのことは屋敷の者に尋ねられても何もいわんでくれ。細かいことは話せんが、それだけは守ってくれ」

「………」

沙那は何も答えずに黙って頷いただけである。

「ところで、組頭殿は路銀をいくら出したのじゃ」

「は」

「路銀じゃ。江戸までの旅費じゃ」

「銀で五十匁頂きました」

「それでは一分銀三枚にもならん。とても宿代はまかなえない。あとはどうしたんじゃ」

「叔父から借りました」

「叔父上は何かの役についておられるのか」

「祐筆をしております」

それなら馬方と同程度だ。余分な金などあるはずがない。

「叔父も親戚から五十匁ほど借りたようです。大分ご立腹の様子でございました」

「吝(しわ)い。なんというケチなやつらじゃ」

一晩二百文の宿に泊まったとしても、江戸までは空腹を抱えての旅となる。

和三郎はそれ以上、ケチな上司らの仕打ちについては質問する気になれなかった。沙那は十六歳のか弱い娘だというのに、連中には和三郎を釣り上げるための餌としか映らなかったようだ。

そういった一連の沙那に対する仕打ちは、全て何やら密命を帯びている和三郎を抹殺するための手段であるに違いなかった。

それは和三郎の推察に過ぎなかったが、そうであるに違いないと和三郎は結論づけていたのである。

だから、

（いつか懲らしめてやる）

と、強く決意した。

その懲らしめの中には殺意も混じっていた。だが、和三郎はそしらぬ顔で遠くの海上に目をやった。

少し行くうちに青い寝姿の半島が現れた。ずっと視界には入っていたが、突然はっきりとした稜線（りようせん）を現したので和三郎は思わず見とれた。

（安房上総（あわかずさ）の山やな）

その中程に鋸（のこぎり）の歯を置いた形の山があって、その身構えている姿が、越前野山のどこか眠りこけているような古い山と比べて随分殺気立っているので、はなはだ愉快に思えた。

「沙那さん、あれを見いな」

背後から来る沙那に後ろを向いて呼びかけた。笠をあげた沙那は端整な口元を海の向こうに向けると、ああ、と声をあげた。喜んでいるようでもあったが、その頬がいやに白くほっそりしているのが気にかかった。

和三郎は足を並べた。

「いつ野山に戻れといわれておるんや」

「仇を討ったらすぐに岡様を連れて戻れといわれました」

「そうか」

しかし、自分はこの方の婿にはなれない、と和三郎は腹の中で唸（うな）った。

（沙那さんどころか、最早（もはや）うらには普通の武士生活を送ることはできんのや）

何人も人を殺めた者が、安閑として国許の山々を眺めて暮らすわけにはいかない。

自分の体の半分はもう闇の世界に浸しておるのだ、と和三郎は思った。賑わいだ声がして、十数名の人がいちどきに「花波屋」と看板の出た大きな料理屋から転がり出てきた。伊勢参りをする旅姿の男たちが数名いて、あとの者はどうやらそこまで送りにきて、そこで朝から宴会をしていたらしい。相当酩酊している者もいて、この暑さの中ではすぐにくたばってしまうだろうと和三郎は割合冷淡に見ていた。

しばらく右手に海の浜辺を見て進んだ。投網を引いている漁師もいる。子供たちが網の中を覗き込んでいる。山に囲まれた土屋領では全くみかけることのない情景だ。海辺の街道沿いを行くことで、様々な物騒な思いにとらわれていた和三郎の気持ちをなごませた。

「まず本所菊川町まで沙那さんを送っていこう。ただ、さっきいったようにうらは屋敷の中には入らんからな。近くで沙那さんを……」

そこまでいって、和三郎は沙那の足取りが尋常でないことに気がついた。

「どうかしたんか」

そう聞くと、沙那は我慢しきれなくなったのか、あまり目立たない料理屋の隅にうずくまって、小さく呻き声をたてだした。

五

和三郎は防具袋を担いだまま茫然(ぼうぜん)と立ち尽くした。女が癪(しゃく)を起こして、道端に座り込む場面に出くわしたのは初めてのことなのである。

「ど、どうかしたんか」

そう口に出してみたが、沙那は腹のあたりを押さえて必死で痛みをこらえている。

暑気あたりか、と思ってみたがそんな軽いものではなさそうだった。和三郎は街道を行く女たちに目を向けて救いを求めようとした。

だが誰も和三郎と目を合わせようとはしない。赤ん坊を背負っている少女などはあわててそばを離れていった。町の女はみな忙しそうに行き過ぎていく。

困った。

沙那の前に回って覗き込んだが、沙那にはその面が不快だったらしく顔をそむけられた。

「あんた、何してんの」

傍の料理屋から出てきた女がいきなり怒声を浴びせてきた。色は浅黒く、肌はかなり荒れている。元々は漁師の家で育ったのかもしれない。

「あっ、そのこの人が……」

女の視線は沙那の腹部にあてられた。

「ああ、この娘お腹が痛いんだね」

女は沙那の傍にしゃがみ込むと、何事か小声で聞いている。うん、そっか、といって立ち上がると、

「あんたさ、さっさとこの娘さんをうちに運び込みな」

というと料理屋の土間に入っていった。

和三郎はひとまず防具袋を店の門口に置き、沙那の肩を抱いた。運び込めといわれてもどうやって運んだらよいのか分からない。それに沙那の肩は細く、ちょっと力を入れれば折れてしまいそうだった。

「はやくしなさいよ。この田舎侍が」

女はいやに威勢がよかった。叱られている気がして和三郎は思い切って沙那を抱きかかえて料理屋の土間に入った。一瞬暗い中に入って目がくらみ、棒立ちになった。

それでも女の叱責が飛ぶ中、いそいで片手を使って草鞋を脱ぎ、沙那を奥の一

室に運び込んだ。そこにはもう布団が敷かれてある。

「あんたこの娘さんの、なに？」

そう詰問されて口ごもった。先ほどから江戸の女の、威勢のいい啖呵(たんか)のような喋(しゃべ)り方についていけないのである。

「いいから、あんたはしばらく外に出ていな」

女はそういって襖(ふすま)を閉めた。

突き飛ばされたような感じになって、和三郎はよろよろと外に出た。そこで海辺の街道から遠浅になっている浜辺を眺めた。大きな空には白い雲が遠くにひとつ、迷子になったように浮いているだけで、海の色も空の色も青く染まった眩(まばゆ)い輝きを放ってくる。

（うーん。でっかいなあ）

そう思うと、自分が江戸に送り込まれた御家事情も、権勢争いも、雇われた刺客を殺したことも何もかもくだらない塵(ちり)同士の争いのように思えてくる。

いっそこのまま江戸の中に溶け込んでしまえば、鬱屈とした土屋領の暮らしも自分とは無関係になるのだ、という思いにとらわれた。

（越前野山土屋家四万三千石など、とるに足らんものじゃ。ましてや四十俵に命

を張ってたまるか。うらは自由勝手し放題に生きるんじゃ)

黒船に乗り込んで、亜米利加で暮らしてみるのも面白いかもしれん、と思った。黒船に乗り込もうと試みて、その巨大さに圧倒されて、船の舷側の前で小舟に乗ってゆらめいていた、長州藩の吉田松陰という人のことがチラリと頭に浮かんだ。

(あの方はまずは敵方の戦力を見極めるのが大事だ、といっていたのではないか)

すると、和三郎の頭は自然に前領主七代目忠国の計略とその戦力、財力を推し量り出した。不埒者といわれた忠国がいまだに隠然とした勢力を維持していられるのは、その隠された莫大な財力があるからだろう。

それは一体どこにあるのか。貧しい藩政の中で、何故、人を動かすだけの財力を蓄えることができたのか。

そんなことは今まで考えたことなどなかった。

(だが、探ってみるのも面白い)

そう思って伸びをしたとき、

「おい、田舎侍」

といきなり呼ばれた。

振り返ると、料理屋の女が薄笑いを浮かべてぶっ立っている。この女は単なる雇われ仲居かと思っていたのだが、堂々とした雰囲気から察すると店の女将らしい。

「あんた、あの娘さんの許婚なんだって」

「えっ？」

「そんなようなことをあの娘さんがいっていたからさ。あんなきれいな娘は江戸にもそうはいないよ。それがどうしてあんたみたいな田舎侍がものにできるんだよ」

「いや、許婚というのはちょっと違って、ま、いきがかり上というか、ま、田舎侍やけんな」

何をいっているのか自分でもしどろもどろになった。女が平気で口にした許婚という言葉が衝撃だったのである。

女は料理屋に和三郎を引き込んだ。

「あの娘さんは病気じゃないよ。ただの月のものさ」

「はあ、長旅で大分疲れているようですので」

「何をいっているんだよ。ははあ、あんた馬鹿だね。いいかい、女には月に一度そういうときが巡ってくるのさ。それくらい知っておかなきゃ、女の事情なんて分からない身勝手な男になるよ。江戸の男はもうダメだけど、田舎侍なら女の体のことを黙って理解してやりな。分かったね」

「はあ」

早口でまくしたてられて和三郎は答えを失った。女はニヤリとした。

「あんた剣術遣いなのかい」

「はあ、これから江戸の剣術道場で剣を学びます」

「許嫁（いいなずけ）を連れてかい」

「いえ、あの方は藩の下屋敷で働くはずです。藩名は申せませんが」

「申さなくていいよ。でも今日はここで休ませるよ。もしかしたら明日も立てないかもしれないね。あの娘の月のものは相当きついからね」

「医者が必要ですか」

「馬鹿。さらしがあればいいのさ」

さらし、と呟（つぶや）きながら、和三郎はあわてて懐を探った。小さい方の財布を取り出し、女の顔を探った。

「あの娘は沙那と申す者です。うら、いや私は岡と申します。お世話をかけます。それでいかほどお支払いしたらいいのですか」

女はまたニヤリと笑った。頬に斜めに皺が走り目つきが和らいだ。江戸の女は年を食っても美人だなと思って妙に感心した。

「いらないよ。だいたいあんた剣術修行をするんだろ。着物も大分汚れているし、銭なんか取れないよ」

「でもここは料理屋ではないのですか」

「そうだよ。小さいけどね、料理屋さ」

「でしたら、あの娘にうまい魚を食わしてやって下さい。これでお願いします」

和三郎は一分金を二枚取り出して女に差し出した。

「これは驚いた。あんたお金持ちだねえ」

「それから、沙那さんがここを出るとき、これを渡して下さい」

今度は一両小判を女の目の前に突き出した。女は目を丸くしていた。

「では私は出立します。あの娘にはいずれ下屋敷に訪ねて行くとお伝え下さい」

和三郎はさっさと防具袋を肩に担いで一礼をすると、すぐに歩き出した。振り返ると女があきれたように立ち尽くしている。存外その体が小さいのに気がついた。

しばらく歩いてまた振り返ると女の姿は街道から消えていた。あたりには漁をしたばかりの魚を売る出店が軒を並べている。ここらの女は平気で浴衣(ゆかた)一枚で外を歩いている。どうかすると色づいた模様の木綿着(もめんぎ)から女の体が透けて見える。なるほど、と自分でもどういうことに感心しているのだか、分からないまま頷いた。

金杉橋(かなすぎばし)を渡ると、町の雰囲気が変わってきた。漁師町からよそゆきの町に入った感じになった。それは増上寺(ぞうじようじ)を参詣する人が多くなったせいだろう。まっすぐに歩いていく和三郎と交差する形で、人々が西の方角に歩いていく。日傘をさした老婆がゼーゼーと声を嗄(か)らして進んで行く。その後ろをもっとやつれた老爺(ろうや)が前のめりで歩いていく。老人だけでなく、町人の若い女や武家の姫らしい人も女中を伴って寺を目指していく。増上寺の表門に行くまで寺だか学寮だかがずっと続いている。そこを行く町人も武家も、ごった煮の中に入っている芋や牛蒡(ごぼう)のごとくどこか浮かれている。

ついでなので和三郎も人々の流れに乗って、三解脱門(さんげだつもん)と呼ばれる平城京(へいじようきよう)にあったような大門をくぐって大殿の前に出た。ここには二代将軍秀忠(ひでただ)公と、近いところでは九代の家重公が眠っているという。霊廟を探す気分ではないので巨大な大殿とその背景にある山の緑を眺めて、さすが徳川家の菩提寺だなと感心していた。

徳川家の世話になったことはないが、一応大殿に向かって礼をした。周囲は日傘をさした町人でごった返している。この暑い中をご苦労なことだと思っていると、足元に置いた防具袋を蹴飛ばして走り去った奴姿の男がいるのに気づいた。和三郎はすかさず小柄を奴の背中に向かって放った。

ぎゃっ、と小さく叫んで奴が前にぱたりと両手をついた。後頭部の急所に当たったようだ。防具袋を担いで近づいた和三郎は、奴の後頭部に足を置いて踏みつけた。傍らに落ちている自分の小柄を取って刀に戻しながら、笠の中からさりげなくあたりを見回した。

おやっ、と気づいたのは男の近くにいた数名だけで、あとの参詣者は何事もなく大殿に向かっていく。和三郎は気絶した奴を置いて寺を出た。

今度は北に向かって愛宕神社参りである。小田原を出た時から、ここだけは行かなくてはなるまいと思っていたところである。うんざりするほど寺院で囲まれている増上寺の周囲を歩きながら、場合によっては女坂でもよいかなとひよる考えが浮いたのは、箱根湯本での疲れがまだ残っていたからである。

自分なんぞは大した活躍はしていない、とは思うものの、破れ寺で浪人を斬った腕の感覚がずっしりと腰にも響いて残っている。

愛宕神社の石段は夏の雲の中まで続いている。それを前にして、これはいかんな、と呟いた。奴を踏んづけた右足がうずいている。

ためらっていると杖をついた老婆が若い男に手を引かれてやってきた。どうするのかと思っていると、急勾配の男坂の石段を体を横に向けて上りだした。ふとどきなことに、若い男が差し出す手を払いのけて上っていく。その横顔がツラ憎い。

兄の上司にあたる小納戸役頭の意地悪な姑の顔を思い出して、和三郎は奮起した。それで勇んで上りだした。百段ほど上がったところで、防具を入れた袋が肩にぐりぐりと食い込みだした。

後ろを見ると、町の衆がぞろぞろとついてくる。甘いものに誘われてついてくる餓鬼のようでもあり、高い所に登りたいだけのそこらへんの物見高い民のようでもある。しかし、増上寺で和三郎を観察していたような武家筋の者や、怪しげな旅人もいなさそうである。

それから歯を食いしばって上った。

頂上に出て、江戸の町を一望したとき、わあと声をあげた。そのときだけは和三郎も物見高い民の仲間入りをしていた。家々がびっしりと埋まってどこまでも続いている。その先端は夏空の中に埋まっていく。

（これが江戸じゃ。華のお江戸じゃ。屋根が黒いのう。藁葺き(わらぶ)の屋根などどこにもない。空き地が少ない。大名屋敷は林の中や。広いのう。江戸湾が眩(まぶ)しい。船の帆がきれいじゃ。江戸じゃあ）

胸の中で何度も叫んだ。

同じようにあちこちで歓声をあげている人がいる。水売りもいて、客は並んで順番を待っている。だが、頂上で買う水は一杯十文もする。

よし。

一声あげて、和三郎は石段を下りだした。

石段を下り切ると、近くにあった神社の境内に入ってひしゃくに水をすくって飲んだ。空になっていた竹筒にも水を入れようとしたが、どこかで竹筒を当てたらしく罅(ひび)が入っている。

（では、行くぞ）

目指しているのは築地鉄砲洲である。そこに芸州浅野家の蔵屋敷がある。大垣で会った倉前秀之進が訪ねてこいといったところだ。その言葉を頼りに和三郎は足を速めた。

六

江戸の地理には詳しくないが、府内の切絵図は所持していたし、一応折り畳める懐宝絵図を小田原で見ていたので、あらかた頭には叩き込んでいた。

だがそんな記憶など何の役にも立たないことが、歩いているうちに分かってきた。絵図面は平板な文字と堀、大名屋敷や重要な旗本屋敷名が示してあるだけだが、実際の町には様々な商店や、飯屋、越前野山では見たこともない珍しい商品を扱っている店があり、しかもその度に店の中を覗き込んでいたら、いつ鉄砲洲につけるか分からない。

日は高いが防具袋を置くところと、宿泊場所を取り敢えず決めないと心が休まらない。江戸では宿屋に泊まる気にはなれなかった。

まだ自分には囮としての役目が残っていると感じている。刺客らしいやつがどこかに潜んでいるのも、里隠れの老人、順斎が最後に言い残した言葉から窺い知れる。

そんな不安を感じながら通りに並んだ酒店を眺めていたせいか、そこに出入りする町人ですら誰かの変装ではないかと怪しく思える。事実みななんだか剣呑な目つきで田舎侍めと睨んで行く。和三郎を見た時だけ、怒っているようでもある。

それで時々表通りを外れて裏通りに紛れ込んだ。

すると店の裏には畑があったり、古材木を積んでいたり、肥溜めが隠れていたりと田舎とそう変わりのない風景が出てくる。肥溜めからは草が生えている。

そこからもう一度町家に戻った。裏通りに入ると急に静かになり、そこからはいかめしい武家屋敷が並んでいる。

武家地の通りの先にはお城が聳えている。天守閣はなくてもそこに将軍といわれる人がいて、老中、若年寄り、大目付といったお偉方が控えの間に詰めている。さらに何千人という大名、旗本がお城には勤めていて、その上、大名の上屋敷がお城を取り囲んで建てられている。いかめしさと厳格な雰囲気を感じる。すごいものだなと和三郎は笠を上げて眺めた。

そのお城を取り巻く役付きの大名屋敷の中、筋違橋門内に越前野山藩土屋家の上屋敷があるという。

当主の忠直様は国許で病気療養中のため上屋敷にはご不在で、江戸家老の白井貞清という人が藩主に代わって陣頭指揮をとっている。そのはずなのだが、代々家老職の家柄にあって本人は六十歳を過ぎて大分疲れているという噂である。

土屋家の上屋敷は大手より十二丁（約一・三キロメートル）のところにある。本来なら嫡男の直俊君がそこに住まわれてしかるべきはずである。

それができないのは明らかに江戸家老の白井の力が弱まっている証しであり、白井に代わって江戸屋敷を取り仕切っているのは、古くからいる寄り合いの重役たちである。その重役たちにしても、隠然たる権力を持った何者かの命令に追従しているに違いない。

用人、若年寄り、番頭、といった上席にいる藩の重役たちはみな力のある方に付いていく。それがことなかれ主義であれ、権威主義であれ、昔からそうやって土屋家で働く上士は生き延びてきたのである。

（しかし……）

こう大っぴらに領内の怪しげな事情が露呈してしまっては、幕閣から越前野山藩に、内紛が勃発しているのではないかと疑いをかけられるのではないか。

いや、かけられているからこそ、隠密が土屋領内に入ってきたのだと和三郎は改めて思い直した。

（そうなったとき、藩士はどうなるのか。母や兄、嫂（あによめ）はどうやって生きていくのか）

あれこれ考えたあとで、

（では自分はどうするのか）

と思った。そう思ったあとで、どうなるのかではなく、どうするのか、と考える自分は少々たがはずれているのではないか、とおかしくなった。

結局、自分のことは結論が出なかった。考えるのが面倒くさくなったのである。

歩を進めている内に夏の陽光はますます強くなってきた。

今度は海風を受けるつもりで、海岸に近い武家地をとって歩いたが、すずしい風は吹いてこない。それに武家地には人の出入りはなく、白い茶色の粉をまぶしたような道が続いている。ただなまこ塀に囲まれた広大な敷地に鬱蒼（うっそう）と樹木が茂っているだけである。蟬（せみ）の声がかまびすしい。

和三郎は広い武家屋敷の塀の切れる角を曲がると、つばの深い編笠を取って今来た道を、目だけ覗かせて観察した。しばらくそうしていたが、跡をつけている者の姿は見えなかった。却（かえ）って武家屋敷の戸口から出てきた老爺が、訝（いぶか）しげに和三郎を見上げた。

「江戸は不案内でな。ここはどなたの屋敷だ？」

誤魔化してそう尋ねたが、老爺は皺に囲まれた瞼（まぶた）を向けて睨みつけてくる。

（返答をするわけがないか）

武家地を汚いなりをした修行人が歩くのはふさわしくないと思い直して、また町家に戻った。

海岸に沿って歩いているつもりだったが、いつの間にか市街地に入ったようで、このあたりも小型の江戸府内切絵図の役に立たないところだった。なんだか随分立派な神社があるな、と思っていると、それが江戸を象徴する名高い板倉神明宮（いたくらしんめいぐう）、通称、芝（しば）の神明だった。

ここまで来ると、さすがに江戸だなと感じさせる艶っぽさがあった。娘の浴衣姿もあでやかだし、風鈴売りの声や金魚売りの声、それにどこからか三味線の音も漏れてきたりして、これまで通過してきた町と全然違う活気がある。

だいたい人々がみな元気がいい。和三郎にすら声をかけていく担ぎ屋がいたり、行き交うたびに誰かしらが頭を下げる。田舎者もここに混じってひと月もすれば、立派な江戸っ子として通用するのではないかと思わされた。

ただ、田舎者はその出身地の訛りで、江戸っ子ではないことがすぐにばれてしまうだろう、と和三郎は余計なことまで心配した。すると、

「お侍様、竹箒買ってくんない」

と声をかけてきた者がいる。頭に手拭いを置き、その上に破れた平べったい菅笠を被った物売りである。

「竹箒？」

見ると担ぎ屋は竹箒やら細い竹で編んだ籠やら色々なものを肩に担いでいる。

「竹箒なんかいらんのう」

「じゃあ、柄杓はどうすか」

「柄杓？　うらは剣術修行に江戸に来たんや。柄杓など買ってどないするんや」

モロにお国言葉が出てしまったな、とこの田舎侍はほぞを嚙んだ。越前野山の訛りで喋っていては、江戸では一人前の男だと思われないとする思いが和三郎にはあったのである。

和三郎はいつの間にか、江戸で在府の武士として生きてやるという気になっていた。

「旅の人だからいるんすよ。銭がなくなったときなんか、橋の上に座って柄杓を

差し出していれば、きっと誰かが一文二文と投げ入れてくれますぜ」

「ほう、そんな風習があるんか」

「あるんですよ。江戸は人情の町なんですよ」

「なるほどな。越前では考えられんな」

「あ、お侍様は越前の人ですか。いやあ、それは運がいい。江戸では越前の方は人気が高いんですよ」

調子のいいやつだと適当にあしらっていたつもりだったが、遊ばれたのは和三郎の方で、結局九文で柄杓を買わされていた。どこかで罅の入った竹筒の代わりになるのではないか、という考えが浮かんだようである。

無論、柄杓が竹筒の代わりを果たすわけはなく、アホかと思いながら防具袋に柄杓を突っ込んで歩き出した。

外堀からの流れにかかった新橋を渡ると、出雲町になる。お城の白い壁が発光して、西の丸の建物が土屋家の国家老のように頑張って肩を怒らせている。

この道をまっすぐに行けば京橋に出るはずだった。京橋を渡らずに、川沿いを東に行き、南八丁堀の町を抜ければ大川に出る。そのあたりが鉄砲洲といわれているはずだ。

築地鉄砲洲というところに行けば、四十二万石芸州浅野家の蔵屋敷など簡単に見つかるはずだ。そこに倉前秀之進がいる。いや、いてほしかった。

だが須原屋版の築地鉄砲洲の切絵図には、浅野家の蔵屋敷は明記されていなかった。井伊家の下屋敷が広大な場所を占めてはいたが、大藩の芸州浅野家の蔵屋敷が示されていないのは版元が記入漏れしたせいだろうかと疑った。しかし、須原屋という古手の版元が手抜きをするわけがない。築地本願寺の東側は埋め立て地のせいか、まだところどころ空き地があったが、それはどこの領地とも決まっていないせいか、所有する藩が次々に変わったせいかもしれなかった。

(要するに、吉良上野介の首を討ち取った浅野家家臣がたどった道の逆を行けばいいわけだ)

本所吉良家で上野介の首級を討ち取った大石内蔵助らの浅野家家臣は、雪でぬかるんだどろどろの道を歩いて深川を抜け、永代橋を渡って鉄砲洲にあった元赤穂藩浅野家屋敷跡に行き、その後西本願寺の門前を通り、汐留橋を渡り泉岳寺に向かったはずである。

同じ浅野家でも、本家の浅野家と浅野内匠頭が領主をしていた赤穂浅野家とは、血筋が大分離れていて、藩の格も違う。

江戸に下ってきた和三郎は、このまま築地にある西本願寺を目指して行けば、倉前秀之進の待つ芸州広島藩蔵屋敷の近辺に行き当たることになるはずだ。

旅の途中で、もし江戸に入ったら、まず最初に倉前秀之進を訪ねようといつの頃からか和三郎は考えるようになっていた。

ひとつは倉前が国許から江戸まで携えてきた密書が、敵側に奪われることなく江戸に届けられたのか、もうひとつは倉前と同行したはずの歌比丘尼（うたびくに）のおもんという女と無事に江戸に入ることができたのか、確かめたいことはその二点である。そのおもんから、江戸に来たら広島藩浅野家蔵屋敷を訪ねるようにいわれたのである。それは倉前の指示であるという。

一度は敵側に密書を奪われたらしいが、それは倉前がおもんに宛てた恋文であるとくだらないことをいっていたが、それが本当だとすると、倉前は相当人を食ったやつということになる。

それに和三郎自身、江戸で身を隠して土屋家の下屋敷の動静を探るには、浅野家蔵屋敷は願ってもない隠れ家になりそうだった。

(倉前さんには随分迷惑をかけられた。それくらいしてもらってもバチは当たらんじゃろ)

芝口河岸から新橋を渡って、出雲町から竹川町を過ぎたところで、和三郎の胸にいたずら心が起こった。もし、跡をつけてくる者がいたら、どこかで巻いてやろうと思ったのである。

視界に入ったのは築地西本願寺の大屋根である。とにかく黒光りした屋根は夏の宙天に聳え、その勇壮な羽ばたきはどこからでも目に入る。

それで尾張町二丁目の角を東に曲がり、木挽橋を渡ると、旗本屋敷が続く堀の通りを小走りに通り抜けて、築地川にかかる二之橋を渡った。

あとは江戸湾に向かって東に進んだ。そこで現れたのは西本願寺門跡である。総門を入ると左右に無粋で無機質な塔中が続く。それが長い参道になっている。背後を振り返ったが、百姓に変装していたり、和三郎を付け狙っているような怪しげな者は見えない。

和三郎は意外とこぢんまりしている唐門を入った。そこは境内である。増上寺ほどではないが、さすがに本願寺だけあって広い。本堂まで笠を被った旅人や門徒衆の姿がちらほらしている。

武家姿の者もいて、なんとなく和三郎の方を観察しているようでもあった。先に来ていた者なのだから、追っ手であるはずがない。

うらはここまで追われるほど大物ではない、と思うと自然と笑みが浮いた。和三郎は鐘楼、鼓楼を通り過ぎて本堂の前に立った。

境内は静かで騒ぐ者はいない。ここは明暦の大火で焼け落ちた後、海を埋め立てるために、門徒衆が湿地帯に瓦礫を撒き、近隣の者が大勢で建て直したところだと聞いている。

岡家も同じ浄土真宗なので、本堂に祀られた阿弥陀如来に向かって手を合わせた。ここまで無事に江戸に来られたことを感謝したのである。それから越前野山にいる家族が平安でいることを祈った。

そのあと喉が痛いほど渇いていたので、どこかに井戸でもないかと境内を散策した。裏手に回る途中に湧き水のような、そうでないような水の流れがあったので、まず防具袋を置いて柄杓を取り出し、ひざまずいて水を口に含んだ。汚水ではないかと用心したのである。

悪い水ではなさそうだった。これで九文の元は少しはとったな、と得心して、今度はガブガブと音をたてて飲んだ。

どこからか出てきた寺小僧がびっくりした顔で眺めているので、これは飲んではいけない水だったのかと怪しんだ。そういえばどこか塩気がきつかった。海水が混ざっているのかもしれない。

すると余計に喉が渇くな、と反省しながら本堂の後ろに回り、裏階段から回廊に登った。そこは樹木の陰になってほどよい微風も感じられる。

眠くなった。足が痺れ、なんだか目が回る。それで誰もいないのを幸い、防具袋に頭を置いて横になった。柄杓が髷に当たったので、防具袋から抜いて胸に置いた。腰に差した刀を傍に置くと、どこからか蟬の鳴き声がした。

すぐに眠った。

だが、目を覚ますのも早かった。ほんの刹那という感じがした。その瞬きの間に和三郎は刀の柄袋に手を当てた。

七

風を遮る者がいた。

袖の擦れる感じがあった。

すると、するすると伸びてきた刀の鐺が顎に当てられた。殺意は感じられない。

だが、いたぶっている悪意がある。和三郎はじっとしたまま目を閉じていた。

「いい気なものじゃな」

武家言葉だが、言葉の語尾に越前の訛りが含まれている。

和三郎は目を開けた。回廊の下の地面に立った武士が、鞘ごと抜いた刀の鐺で和三郎の顎を突ついている。

「隙だらけじゃな」

細い顎と目尻の長い眼、そして広い額が下から見上げている。

不意に敵意が浴びせられてきた。

「刺客か」

和三郎は上体を起こし様、相手の鞘を避けて手にした柄杓を武士に向かって突き出した。それで初手は防げると思ったわけではない。ただ、柄袋を解く間もなく、さらに刀を持つだけの余裕がなかったのである。

相手から圧してくる気迫が和三郎の動きを縛り付けている。年齢も和三郎の倍ほどもあるように見えた。

「刺客じゃと。愚かな」

相手は薄笑いを細い頬に浮かべた。尖った頬骨と口元の間に陰ができた。

「儂が刺客であれば、おまえの命はとうにない」

「ではうらをつけてきたのか」

「なぜ儂がおぬしをつけなくてはならないのだ」

それもそうだ、と和三郎は思った。

余裕があってその思いが脳裏に浮いたわけではない。眠っていても警戒は怠らなかったが、今は相手の刀の鐺は顎から喉元に動いている。かわす自信はなかった。

「どなたか伺ってよろしいか」

丁寧に聞いたつもりだったが、相手は答えなかった。ただ、和三郎に当てられた視線はまっすぐに伸びてきている。

「儂はおまえを以前に一度だけ見かけたことがある」

「………」

「門弟を連れて武田道場に立ち合いにいったときだ。おまえは五十名ほどいた道場生のケツっぺたに座っておったな。そうさな、もう三年余りも前のことだな」

覚えている、と和三郎は胸の中で声をあげた。

忘れようがなかった。武田道場の面々は、道場破り同然の、八名の大川道場の者たちにさんざんに打ち据えられたのである。

「……あなたは、もしかしたら大川道場の師範だった方ですか」

武士はまたふっと虚無的な笑いを、薄い唇の周りに浮かべた。

「そうだといえば、なぜ儂がおぬしをここで不意打ちしなかったか分かるか」

「分かりません」

鞘の鐺はまだ和三郎の喉に当てられている。色々な思いが瞬間的に胸に閃(ひらめ)いたがまとまるわけもなく、もうジタバタしても無駄だという気がした。修行人と見ると、やたらに喧嘩(けんか)をふっかけてくる輩(やから)がいるということも、和三郎の耳に入っている。

「不意打ちをするほどの価値が、うらにあるとは思えません」

和三郎は上体をゆっくりと起こし、片膝を回廊の床板に置いた。相手は歯を見せずに薄く笑った。

「そうだな。ケツっぺただからな。だが、大川道場の師範としては、そんな虫けらでも潰す義憤にかられる」

「それなら何故さっきうらを刺さなかったのですか」

「おぬしごとき若造でも、眠っているところを刺せば卑怯者(ひきょうもの)だとそしりを受ける」

いっていることは耳に入っていたが、和三郎はまだ相手の言い分を咀嚼(そしゃく)できるほど冷静にはなっていなかった。越前野山の山中で、大川道場の者を二名斬り棄てたことが重い痛みと共に腕に蘇ってきた。

「儂が卑怯者ではない証しを示す必要がある。じゃからおぬしにも儂を打ち倒す機会を与えてやろう」

「いわれている意味がよく分かりません」

「おぬしと果たし合いをしてやろうといっておるのだ」

間髪をいれずに武士はいった。そのような言葉は和三郎の頭にはこれまで浮かんだことはなかった。

(この方は大川道場を束ねる地位にある人なのだ)

そう閃いた和三郎は、次に自分でも思いがけないほど気持ちに波紋がないことに気づいた。かなわない相手に対しては、いくらジタバタしてみても始まらないと気づいたのである。

それで割合落ち着いて聞くことができた。

「果たし合いですか」

「そうじゃ」

「うらは笹又峠でいきがかり上、大川道場の面々と斬り合いをしました。二人を倒し、もう一人に重傷を負わせたはずです。その報復のための果たし合いですか」

「あれか……あの話は先日野山を出る直前に聞いた。おまえは偶然通りかかったそうだな。それで若い学者の命を救った。そうだな」

「はい」

「儂でもおまえと同じことをしただろう。殺された者どもは単に腕が未熟だったのじゃ。何故そんな者たちのために、儂がおぬしごとき若造に報復せねばならんのだ。おい、そこから降りてこい」

着流ししているが、浪人者ではないことは、身ぎれいで悠然としたたたずまいから想像できる。大川道場の師範をしていた人なら、今は何らかの役付きで江戸詰めになっているのかもしれなかった。

和三郎は本堂の裏階段から地面に降り立った。防具袋を担いで、柄杓を胸に差していた。その格好を目にして、前に立った武士は片側の頬を緩めた。

明らかに、越前野山の田舎から出てきたばかりの若造を見下している。

しかし、その口から出てきた言葉は、余韻を含んだものだった。

「運命じゃな」

と武士は不意に声を落として呟いた。

「今日は儂の師の月命日でな。それでこの寺に寄ったのじゃ。師は二十年前に亡くなった」

師？　月命日。

「大川儀三郎(ぎさぶろう)殿のことをいっておられるのですか」

（すると大川儀三郎殿は亡くなられたのか。しかしそのような話は聞いていない）

だが武士はその問いには答えなかった。その代わり妙なことを口にした。

「そこへおぬしがのこのこと境内に入ってきた」

（のこのこと入ってきた……この人がつけてきたのではなく、うらが自ら網を張っていた敵に引っかかりにやってきたというわけだ）

江戸府内に入ってからも、背後を気にしていた己がアホに思えた。追っ手などいないのに、勝手にそう思い込んでいたことになる。

（これが女と手に手を取っての駆け落ちであったのなら、その気になっていた二人はとんだ間抜けだな）

と和三郎は今頃は眠っているであろう沙那の寝顔を、一瞬思い浮かべた。

「随分気楽な顔をしているな。おまえはなかなか肝が太いな」

そういわれて相手の様子を注視した。回廊の床板に座っているときには気づかなかったが、相手の背丈は和三郎を越えている。武田道場の中でも和三郎より背の高い者はほんの数名しかいなかった。

相手の武士は六尺（約一八二センチメートル）を越えている。それだけ腰骨の位置が高い。しかし、腰を覆う筋肉が強靭であることも着流し姿の上から垣間見える。

その相手の細い目に喬木の影が浮いた。

「果たし合いとは、御前試合のことをいっておられるのですか」

今年春の御前試合で、和三郎は大川道場の者を六人立て続けに破っている。大川道場の師範代のひとりとも立ち合ったが、今、目の前にいる武士の姿はなかった。

「その話は江戸で聞いた。儂はずっと江戸詰めで御前試合には行かれなかった。だが、大川の門弟六人を破ったのが十九歳になったばかりの若造だと聞いてな、儂はすぐさま三年前、武田道場の隅に座っておった痩せた泥鰌のような小僧を思い起こした」

「…………」

「こいつは強くなると分かった。剣術を無用なものだとする風潮の中で、その小僧には何か取り憑かれたような祈念が宿っていた」

「…………」

武士は首をぐるりと回した。首が戻ってくると武士の細い眼から吹き矢が放たれたように思えた。和三郎は思わず首を傾げた。吹き矢をかわしたのだ。

だが、それらは全て妄想だった。武士の顔には淡々とした感嘆の色が浮いている。

「成長したな。見込んだ通りだ」

「あのう、御前試合でうらがあなた様の門弟を打ち負かしたから、その仇を討つために果たし合いをするということですか」

ジロリと武士は睨みつけてきた。

「違う。じゃが、おまえがそう思うのであれば、それはそれでよい」

全然よくないと喚いたが、すぐには声は出なかった。

「お待ち下さい。大川道場の師範だといわれますが、あなたは一体どなたなのですか。姓名も名乗らない方から果し状を突きつけられるいわれはありません」

「後ほど果し状を届ける。おぬしはどこにおる。本所菊川町の屋敷か」

「私は今朝江戸に入ったばかりです。どこに行くかまだ決めていません」

「ほう、そうか。修行人ならば、どこぞの道場に寄宿する者もおるが」

そこまで呟くと武士は何かを思い出したのか、意味ありげな笑みを頬の窪みに浮かべた。和三郎を見つめる目がおぼろ月のように揺らいだ。

「そうか、岡和三郎、おぬしは脱藩者だったな。脱藩して江戸に剣術修行に出たという粗忽者だったな」

そういう話が、もう江戸にいる大川道場の者にも伝わっていたのかと和三郎は驚いた。越前野山を出たのはわずかひと月前のことなのである。誰かが故意に武田道場の者が脱藩したと広めない限り、あの山に囲まれた狭隘な土屋領から噂が江戸まで伝わるわけがない。

「脱藩者であれば菊川町の屋敷には顔を出すことはかなわんな。すると、おぬしの命は誰が狙っても赦される。土屋家の家臣であれば、たとえ闇討ちでおぬしを討っても褒美が与えられるはずだ」

その通りだと和三郎は頷いた。

もう観念している、という面構えをしたのだろう、武士の顔に憐れみが浮いた。

「果し状はこの前に出ている『よしみ屋』という茶屋に預けておく。夕刻には届くようにする。決闘は明朝だ。それからな、見届け人はこちらで用意する。見届け人がおれば、それは尋常な果たし合いだ。おぬしが脱藩者として扱われることはない。勝負がどうであろうが岡の家名は潰されることはないだろう」

それだけいうと、武士は肩を聳やかし悠然と歩き去った。

その後ろ姿が陽炎（かげろう）に包まれた発光の中で、ぶるぶると震えた。それはまるで得体の知れない妖怪のように揺らいだ。

そのとき和三郎の脳の中にも発光が斜めに斬り込んできた。

（平兵衛（へいべえ）殿だ。大川平兵衛）

大川道場の大川儀三郎の次男大川平兵衛は、その技が十代の半ばには父の儀三郎の手にあまるようになり、その父の勧めで江戸に出たと聞いている。江戸では神道無念流（しんとうむねんりゅう）、秋山要助（あきやまようすけ）の道場で剣術を学び、二十歳（はたち）になる前には免許皆伝になったという駿傑（しゅんけつ）である。

（すると師の月命日というのは秋山要助のことをいっていたのか。二十年も前に亡くなったとなると、あの人のいう果たし合いとは全然関係ないことではないか）

ともあれ、大川平兵衛が、土屋家に仕官したという話は聞いていない。

だが、それだけの腕を持つ人なら、現領主忠直様の弟で、前領主であった忠国様に仕えていたことも充分に考えられることだった。

江戸の藩邸に詰めていたから、大川平兵衛様の名前が武田道場にも聞こえてこなかったのかもしれない。

(そんなすごい人から、うらは果し状を受けるというのか)

寺の広い境内で熱射を浴びた和三郎は身体(からだ)が冷たくなるのを感じた。

勇気ある身震いから鳥肌が立ったのではなく、恐怖心から出ているものであることは、何事にも鈍感な自分でも想像がついた。

八

和三郎が最初にすべきことは、倉前秀之進がいる芸州広島藩蔵屋敷を訪ねることかもしれなかった。だが、そうせずに、大川平兵衛が口にした「よしみ屋」を訪ねたのは、夕刻までに届くという果し状を待つつもりでいたからである。そこには果たし合いをするなんらかの理由が記されているはずだ。それを知ることが、自分の過去の歴史につながっている気がしたのである。

「夕刻まで奥の部屋で休ませてほしい。いくら払えばいいか」

出てきた娘にそう聞くと、娘はいったん奥に入り、戻ってきて、

「三十文といってるよ」

といった。丸顔の頬が朱に染まった娘は、身体中から汗を噴き出している和三郎をちょっと腰を引いて眺めた。胸に差された柄杓に目をとめたときだけ、ちょっと面映(おもは)ゆそうな表情をした。

娘は和三郎を裏庭に面した小部屋に案内すると、「いまお茶をもってくるから」といった。

和三郎は娘にぬるい茶を頼んだ。防具袋を部屋の隅に置き、そこに木刀袋に包んだ木刀を斜めに立てかけた。そこで初めて柄杓を着物の胸から抜いて畳に投げ捨てた。

娘が運んできた茶を一気に飲み干すと、その場で三十文を払った。娘が庭に面して引き上げられていたすだれを下ろした。すだれの影が畳に落ちた。眺めながら和三郎は深いため息をひとつ吐(つ)いた。

沙那に高輪の大木戸で声をかけられてからまだ二時半(約五時間)しか経(た)っていない。どうやら自分には、事件にぶつかるという妙な運があるようだと思った。

母から預かった脇差（わきざし）を取り、片手に握って目を閉じた。すぐに眠りに落ちた。

時折、風が小部屋にゆったりと吹いてくるのを感じた。

一時（約二時間）はあっという間に経った。

部屋の外から遠慮がちに声がかけられた。もし、お侍様、といっているようである。

目を開いて、自分が今どこにいるのか、天井やすだれの向こうにある内庭を眺めながら思い起こしていた。果し状が届いたのか、と思いながら、おうと返事をすると、障子が開かれた。

娘が書状を手にしている。どこか浮かない様子で、

「お侍様は岡様といわれるのか」

と聞いてきた。そうだ、というと、これが届きました、と上体だけを伸ばして、書状を差し出してきた。どこか怯（おび）えているのは、届けにきた者の様子が尋常ではなかったからだろう。

書状には「岡和三郎殿」と宛名が記されている。開くと「果し状」と書かれた書面が現れた。

「貴殿と果たし合いを致す。

明朝寅の刻（午前四時頃）、場所は鉄砲洲浪よけ稲荷。貴殿が江戸に不案内なことに鑑みて西本願寺の近所を選んだ。

貴殿にとっては理不尽なことかもしれんが、大川家にとっては中村家血筋の者には赦しがたき復讐心がある。我が師、秋山要助は二十年前に致命傷となる深手を負った。武州佐野での助太刀が仇となった。

父、大川儀三郎は剣術家の名誉を賭けた戦いをし、肩を砕かれ剣術家としてその名声を失った。この決闘の仔細は当人同士以外は存じ得ない。勝利した武芸者も敗れた父もその後二十年間秘匿した。

決闘の詳細についてはこの春帰藩して初めて父から聞かされたことだ。父の命は間もなく尽きる。いずれも相手は中村和清と名乗る剣客であった。岡和三郎はその倅だと聞かされた。誰も知らぬこと故、貴殿も存じあるまい。

理不尽な果たし合いだと申したのはそういう理由からだ。

なお決闘の検分役は清水二郎正則殿である。

大川平兵衛英勝」

読み終わった和三郎はしばし茫然としていた。混乱していたのではなく、むしろ頭の中が空漠になっていたのである。

ふと気がつくと、丸顔がまだ障子の陰に浮いている。

「どうかしたか」

「読んだら返事を頂きたいとさ」

「誰か待っているのか」

「うん、そこで待ってる」

「では、『確かにうけたまわった』と伝えてくれ」

娘は和三郎が口にしたことを、上目をつかって反芻(はんすう)してから、いそいで表に行った。

和三郎はもう一度、「茫然」のおさらいをした。頭の中がからっぽになったのは、何故だろうと考えてみたのである。

（中村和清といわれるのか）

その剣客が中村一心斎(いっしんさい)殿に手合わせを挑んだ。それも二十年ほど前のことだ。

「豪剣の持ち主であったな。気持ちに荒(すさ)みがあった」

そう一心斎殿はいっていた。さらにその剣客は土屋家の北山の館に隠棲(いんせい)していて、「確か五代目藩主の家系に通じる者であった」と重大なことをこともなげに口にしたのだった。

（しかし、何故中村姓をその刺客は名乗ったのだろう）

唐突に一心斎の口から飛びだした「中村」姓を和三郎は考えてみた。もしかしたら、その剣客は中村一心斎を目指していた証しに、一心斎と会う以前から中村姓を名乗っていたのではないか。

もう一つ、一心斎殿は、その剣客と住んでいた女が赤ん坊を抱いていたともいっていた。

それを聞いた刹那、理由もなく、その人は母だと和三郎は直感した。そして母から与えられた白鞘に入った脇差は、その男から受け継いだ形見のように感じたのである。

和三郎は脇差を手に取り、じっくりと見直した。竹俣兼光（たけのまたかねみつ）の作だという短刀は、反りのない、身幅の広い無銘のもので、兼光が打ったものかどうかは分からない。兼光作とは一心斎がいったことなのである。

脇差は直刀で何のけれんみもない無骨なものである。だが切れ味は鋭そうだった。鎺（はばき）には六（む）つ星（ぼし）模様の独特の紋が彫られている。

（この紋が中村家のものなのか。しかし、土屋家五代目藩主の家系にある人ならば、どうして土屋姓を名乗らないのか）

そう不思議に思っていると、表から男たちの甲走った怒声が響いてきた。どうやら喧嘩でもしているらしい。

和三郎が脇差を鞘に納めた時、茶屋の老婆が部屋に躍り込んできた。

「家が壊される。喧嘩をやめさせてくれ」

そうか、と頷いて立ち上がったのは、老婆が本気で家が壊されると怯えていたからである。町人の喧嘩に侍が仲裁に入るのはおかしいと和三郎は以前より思っていた。

町の者には町の者だけにしか通じない仁義がある。武士がしゃしゃりでるのは無様だとさえ感じている。しかし、老婆の皺だらけの目の縁から、涙がしょぼしょぼとこぼれ落ちているのを見て立ち上がった。

木刀に目が止まったが、あえて持ち出すまでもあるまいと判断して、畳に転がっていた柄杓を手にして脇差を腰に差した。

表ではなるほど五人の男たちが、組んずほぐれつつかみ合いをしている。茶屋の簀子（すのこ）が倒され、床几（しょうぎ）がひっくり返されている。寺参りに来た参詣客や道往（みちゆ）く人々が遠巻きにして喧嘩を眺めている。だが、連中はわいわい騒ぐだけで何もしようとしない。

男たちは夏用の法被をまとっているふたりと、遊び人風の三人とに分かれて取っ組み合いをしている。怒鳴りあってはいるが、その内容が和三郎にははっきり聞き取れない。

一人の遊び人風の男が突き飛ばされて、茶屋の障子を突き破った。突き飛ばした男は法被をまとっていて、ひっくり返した男の腹に容赦なく蹴りかかった。両足を上に伸ばして亀のようになった男は、口から泡を吹き出して喘いだ。老婆の悲鳴が茶屋から表まで響き渡った。

「おい、やめんか」

和三郎は法被を着た男を、手にした柄杓で軽く叩いた。するとどういうわけか、いきなり二人の男が左右から組みついてきた。両腕を捻り上げると、そろってすごい力で引っ張ってくる。和三郎の両腕が付け根から抜けそうになった。その痛みで一瞬目が眩んだ。

背中を刺されたと知ったときは、すでに前から来た別の者に匕首で腹を斬りつけられていた。かろうじてかわしたが、右の太腿に匕首の切っ先がずぶりと入った。

両腕を振りほどいて、右手首を握っていた男の手を、返し技で摑んでひねり上げた。その男の形相が岩石で打たれた猪を思わせた。

背中の刺し傷などに気を回しているときではなかった。和三郎は必死で手首をひねり、猪男から匕首を奪うと、肘を下からあてがって猪男の脇の下を刺した。喉が破れたような悲鳴をそいつはあげたが、残った四人の男たちはそれで怯んだわけではなかった。

前にいる二人が息を合わせて、匕首を抜いて突きかかってきた。その敏捷な動きに和三郎は虚をつかれたが、それでも二人の間に三寸ほどの隙間ができているのを見逃さなかった。すかさず隙間を狙って飛び込むと二人の背後に転がった。その際、男たちの足首を匕首の切っ先のふくらの部分で斬った。起き上がって後ろを見ると、うまい具合に二人と体を入れ替えていた。

それどころか、余程決死の覚悟で突っ込んできたのだろう。法被のひとりと浴衣の裾を尻まくりした男は、勢いを止められずに、顔面から茶屋の柱に衝突した。斬った足首から共に出血している。

だが、和三郎は攻撃の手を緩めなかった。この者たちがただの町の遊び人でないことは察知できた。その体からは生臭い血の臭いさえ感じられたのである。

和三郎は背を向けて呻き声をあげている二人に駆け寄るなり、その後頭部を、匕首の柄尻で交互に力のかぎり突いた。二人の内の一人は絶望的な呻き声をあげて膝をつき、地面に突っ伏して血を吐いた。

これで連中は怯んだろうと思ったがそうではなかった。隙をみて斜め後ろから攻撃してきた男の突きはかわしきれずに、左脇の下に鋭い痛みが走った。

最初に受けた一撃が背中から腰にかけて痺れをもたらしている。すでに五人の男たちの攻撃の的が自分に向けられたものであることは察しがついていた。

(こいつらは町人ではない。殺人を生業(なりわい)としている者たちだ)

ただ、どのように対処したらよいのか、まだ戸惑いの中で決心がつきかねていたのである。

再び斜め左右から二人が突進してきた。そのうちの一人は、和三郎が最初に脇の下を突き刺した男である。

その形相に殺意がみなぎっていた。とっさに和三郎は決断した。町人に対する配慮を捨てたのである。

打ち込んできた一人の首を斬り、もう一人の耳を削(そ)いだ。それだけでなく、腕を摑んで腹に匕首を刺したのは、その男から先ほど脇の下を刺された感じが残ったからである。悲鳴をあげて倒れた男の腹から血が噴き出した。

ついでまだしぶとく身構えている二人のうち、背後に回った男の太腿を体を回し様斬った。

（こいつらは何度でも起き上がってくる。徹底的に討たねばこっちがやられる）

悲鳴を聞く間もなく、正面にいる法被をきた男の額を打ち抜いた。頭から血しぶきがあがり、男の喚き声だけでなく、取り巻いた町人からも悲鳴があがった。

「役人だ。やっときやがったぜ」

誰かが大声で喚いた。足首に切り傷を負った残った一人は、片足を引きずりながら、傷ついた仲間を置いて地面を泳ぐように逃げ出していった。

（あいつは蝮（まむし）だ）

その生命力に畏怖さえ感じた。

誰かが棍棒（こんぼう）で血だらけになっている男たちを容赦なく殴っている。その様子がはっきりととらえられなかったのは、和三郎も立っていることができず、がっくりと膝をついていたからである。

「おれは最初から見ていたぜ。このお侍はこいつらの喧嘩を収めようとしていたんだ。そしたらいきなりこいつらがお侍に斬りかかったんだよ」

そう大声で喋る男の声が、遠くで木霊(こだま)している。気はしっかりしているつもりだったが、どういうわけか体がだるく地面に沈み込んでいく。

その和三郎の耳元で囁(ささや)く者があった。

「よくやりなさった。あんたにはまだまだ生きていてもらわなくてはならん」

「え」

かろうじて片目を開いた。獺(かわうそ)に似た顔が目の前にあった。

「お年寄りの田村様から言いつかった。陰ながらあんたを援護する。このならず者たちは江戸で雇われた者だ。さっきの喧嘩はあんたを殺(や)るための狂言芝居じゃ。毒が回ったかもしれん。すぐに医者を送る」

声が聞こえなくなると、男の姿も夏の陽炎の中に溶けていった。和三郎の記憶もそこで途切れた。

第二章　命からがら

一

夜中に何度か体が痛み、目を覚ました。だが、熱のためか、夢うつつのうちにまた眠った。誰かが冷えた手拭いで汗ばんだ体を拭いていた。額にも濡(ぬ)れた手拭いが載せられた。

ふっと気がついたのは、障子が開けられる気配を感じたからである。灰色の空が開かれた障子から望めた。

桶(おけ)を持った人影が、蚊帳(かや)の中に忍び込んできた。背中の痛みが和三郎の記憶を蘇(よみがえ)らせた。

「誰だ」

「けいです。この茶屋の娘だァ」

「うん……」

そう返事をしてから、五人の無頼漢にいきなり襲われたときの情景を思い出していた。

（狙われたのだ）

しかも、江戸に入った初日のことだ。

（どうして、連中はうらがこの茶屋にいることを突き止めたのか。誰かが跡をつけていたとしか考えられん。しかし、誰が……）

不意に西本願寺にいた大川平兵衛の長い顔が脳裏に覆いかぶさってきた。

（果たし合いだ）

和三郎は薄い布を払って飛び起きた。

いや、起きようとしたが、体のあちこちから痛みが噴出してきて、片肘を畳についたまま上体を起こせずに、太い吐息をついて障子の向こうに広がる灰色の空を見上げた。

さっきより灰色に乳色が混じってきている。

「いま何時だ」

「もう四半時（約三十分）で七ツ（午前三時頃）の鐘がつかれるね」

（まずい！）

必死で起き上がった。裸の体にはさらしが巻き付けられている。

「誰が治療をしてくれたのだ」

「お医者様だ。呼ぶ前に向こうから来なすったよ」

（あの者か）

騒動の最後に耳元で囁く者があった。獺に似た顔をしていた。

（あいつは味方なのか）

たしか、お年寄りの田村半左衛門様のことを暗示するような言葉を吐いていたはずだ。

それでも見ていただけで援護しようとしなかったのは、隠れた存在でいるように命令されているからなのだろう。

（つまり、囮としてのうらをもう少し生かして使おうというわけだ。うらには、まだ利用価値があるというわけか）

立ち上がると蚊帳が頭にまとわりついた。手で払おうとしたが、だるくて腕にも足にも力が入らない。

娘は水を入れた桶をかかえて和三郎を見上げている。

「冗談じゃない」

怒りが込み上げてきた。土屋家の揉め事は、ずっと上の方たちの政争だ。これ以上巻き込まれるのはごめんだと思った。

（百両分の仕事はもう充分に果たした。これからの命はうらのものだ。土屋家のものじゃない）

蚊帳をかき分けて、四つん這いで外に這い出た。

「鉄砲洲にある浪よけ稲荷までは、どうやって行くんか」

「浪よけ稲荷……」

「そうだ」

「いま行きなさるのか」

けいという娘は蚊帳を出ると、のんびりとした口調でいった。

「すぐに行かねばならん」

果たし合いがある、とはいわなかった。あわてて果し状を探し、懐にあるのを確かめて奥に突っ込んだ。

「五日ほど動くなと医者がいっていたよ。動けば、傷口から血がたくさん出て死んじまうってさ」

「血が出ているのか」

「血だけじゃないよ。ひどい熱だったよ。まるで火をおこしたみたいだった。お医者様は毒が体に回ったようだってさ」

どこか謳うようにいった。

和三郎は木刀袋だけを手にした。防具袋を担いで行っては邪魔になる。真剣も使うことはないと思った。それで真剣は防具袋の傍に置いた。荷物の中から新しい草鞋を取り出して、その場で履いた。

「鉄砲洲の浪よけ稲荷まで行きたい」

「すぐそこの築地川を北に行って、鉄砲洲川から大川に出るといい。本湊町の北のはずれに稲荷はあるさ」

「舟はあるか」

傷口は充分に塞がっていないようだった。走るには差し障りがあった。

「まだ猪木舟の船頭は寝ているだ。どうせ茣蓙を体に巻きつけて寝ているはずだ。叩き起こせばいいさ」

「すまん」

そうあやまってから、ちょっとの間、和三郎はこれから先に起こることを想像してみた。勝ち目のない戦いに赴く剣客は無惨だと思った。

和三郎は思っていたことと別のことを口にした。

「一応、刀と防具袋は置いておく」

草鞋を履き終えると和三郎はもう一度けいという娘を見下ろした。

「昨夜、看病してくれたのはおまえか」

「そうだよ。熱で大汗かいて呻いていたから、仕方なくやらされた」

「すまん。これは礼だ」

懐に手を入れてさらしの奥を探った。財布が入っているはずだった。すると小判が数枚こぼれ落ちた。和三郎ははっとしたが、娘は意外なほど落ち着いている。

「昨日の喧嘩で斬られたのさ。お腹に匕首みたいなものが刺さったが、多分巾着に当たったのさ」

「おお」

確かに胸を狙って匕首を突き立ててきた者がいた。背が低い者だったので狙いが下がり、和三郎の腹を刺したものらしい。財布に入っていた小判がその匕首の切っ先を拒んだのだ。代わりに財布が破られた。

「おけい、頼みがある」

娘は白い頬を上に向けた。まだ顔ははっきりと見えないが、この娘の正直さに賭けるしかないと和三郎は決断した。

「もし、私が戻らないときは、この財布を本所菊川町にある越前野山の土屋家下屋敷に届けてほしい。そこに原口沙那というお女中がいる。その方に岡和三郎からだといって渡してほしい」

見ている先の影が石像のように固まったようだった。和三郎は一部が裂けて小判が覗いている財布を娘の掌に載せた。ずっしりと重い財布を受け取った娘は、一瞬のけぞった。

「無理だ」

「頼む」

「なんかこわい。お武家様のやることは無茶だ」

娘は財布を放り出した。小判と二分判金のこすれる音がした。五十六両入っている財布だ。びっくりするのも無理はなかった。

「これは」

といって腰を屈め、和三郎は二分金を娘の手を取って押し付けた。

「おけいへの礼金だ。いいか、本所菊川町の土屋家だ。原口沙那に直接渡してくれ。他の者ではだめだ」

「だけど、お侍さんはどうするんだ」

「これからやることがある」

和三郎は立ち上がった。頭がぐらりと揺らいだ。

「もし戻らんときは、今私がいったようにしてくれ。頼む」

戻れるはずはなかった。

それだけをいうと娘の返事を聞かずに廊下に出た。

廊下伝いに表に回り、茶屋を出ると街道に立ち尽くした。まだ日は昇っていないが、空の暗い底に靄（もや）のような灰色の明かりがぼんやりと漂い出している。

寺の表門を東に行くと川があった。築地川だ。寺の石垣が切れたところに橋がかかっており、そこの船着場に一艘（そう）の猪牙舟が流れに身を任せて揺らいでいた。目を凝らして見ると、娘のいった通り、莫蓙が切り取った大木のように船尾に転がっている。船着場の板を渡り猪牙舟をもう一度検分した。ごく普通の小汚い猪牙舟である。

和三郎はその丸くなった莫蓙を木刀の入った袋の先で突ついた。

「起きろ」

莫蓙が動いて黒い顔と目玉が端から覗いた。

った。

「叫んでないで、もやいを解け。すぐに出立するぞ」

木刀袋の中には真剣があると勘違いしたのだろう、船頭は飛び上がって艪を取

「ヒエー」

「起きろ」

「どこまで行くんだ?」

「鉄砲洲の浪よけ稲荷だ。いくらだ」

「へえ、ご、五十文で」

和三郎の影を見て太い悲鳴をあげた割には食えない船頭だった。

「サバを読んだな。三十文であろう」

「い、いや、そんな、じゃが、五十文でもいいじゃろ」

「百文出そう。ただし死ぬほど漕げ」

和三郎は首に下げていた巾着を船頭にみせた。ようがす、と船頭は声をあげた。

財布には大きな金を入れているが、巾着には銭や銀の粒を入れておいた。

流れてくる波に逆らって、船頭は踏ん張って漕ぎ出した。西本願寺に沿った塀を過ぎて橋をくぐると、今度は東に向かって舟は進んだ。鉄砲洲川を北に向かう

頃には、桃色の明かりが東の空を染めだした。

舟が激しく揺れると、体中が痛みできしんだ音をたてた。背中と左脇の下、それに右の太腿がぎすぎすと荒々しく呻いた。それにまだ体は自分でも感じられるほどに熱い。

（これでは立っているのが精一杯だ）

しかし、逃げることはできなかった。戦うのが自分の務めだった。

河岸の町を過ぎると、そこに稲荷が現れた。想像していたよりずっと敷地が広大だった。葦が茂り稲荷の奥には樹木もあった。

猪牙舟が板を敷いただけの目立たぬ船着場に着いた。立ち上がって百文分の小粒銀を船頭に渡すとき、右足が踏ん張りきれずに一度尻餅をついた。筋肉が切断されているのかもしれないと思った。匕首で刺された傷は思っていたより深手だったようだ。

船頭が手を貸してくれた。

ようやく船着場の板を渡って陸に上がると、柔らかい光が背中にあたったようだった。生まれたての風が首筋を舐めて通り過ぎた。

稲荷神社の鳥居が灰黒色の鈍い輝きを見せて迎えた。

入っていくと、どこからか長身の男が現れて十間（約十八メートル）先に佇んで、やってくる仇を見据えていた。

（最後は、勝つ）

十九歳の若武者はそう念じた。

二

「よく来たな」

浅黒い肌に東から滲んでいる薄い光があたっている。

和三郎は黙って前に進んだ。体がまだ猪牙舟に乗っているような、頼りないふやけた感じに染まっている。歩幅を狭くして歩き出したのは、相手に負傷していることを気取られてはならないからだ。

昨日、茶屋で襲ってきた者たちは、果たし合いを口実にして和三郎の命を狙う大川平兵衛の、子飼いの刺客であるかもしれなかった。

弱みを見せては相手の思う壺になる。

「検分役の清水二郎じゃ。おぬしらの果たし合いを見届ける」

葦と草の生い茂った原から出てきた小太りの男は、そういうと二人の間に立った。

「岡和三郎、お相手致す」

和三郎は木刀袋から木刀を抜いた。袋は小枝にかけた。

その和三郎を大川平兵衛は荒(すさ)んだ笑みで見下ろした。

「果たし合いと申したはずだ」

「分かっております」

「木刀で果たし合いをする気か。道場での立ち合いとは違うぞ」

「私は真剣での試合は致しません」

大川は黙って前に進んできた。地を這うという足遣いではなく、無造作に着流しの裾を蹴って歩んできた。

十間あった間合いが一気に縮まった。

「では勝手にせい。死んでから抗議しても遅いぞ」

「木刀が私の流儀です」

すっと前に現れたのは、殺気を消したすずしげな剣客の姿だった。

（球体だ。その透明な袋の中にうらは立っているのだ。何者もその鋼のような球体を撃ち砕くことはできない）

和三郎は師と仰いだ中村一心斎の言葉をずっと嚙（か）みしめていた。

それが一瞬の打ち込みで簡単に破られたのを知るのは、その直後だった。

相手の姿が和三郎の眼前で不意に跳んだ。大川平兵衛が消えたのである。

首を回すと、橙色（だいだいいろ）に染まり出した東の空を背にして、一本の細い影がゆらりと立っていた。

次の瞬間、構えていた間合いに尖（とが）った閃光（せんこう）が斬り込んできた。手にしていた木刀が真っ二つに斬られた。そのとき和三郎が目にしたのは、切っ先から放たれた躍る炎だった。その炎が今度は弾丸となって殺到してきた。

肩に刃（やいば）が食い込んだ。必死で防いだ木刀の柄（つか）が次に斬られた。両手がそれぞれ短くなった木刀の柄（つか）を摑んでいた。間髪をいれず、再び炎の弾丸が撃たれた。

胸に刃の食い込む響きが走った。

和三郎の体が前のめりになって倒れ落ちた。その感覚はどこか四歳のとき、岩場を打ってのたうち回る、急流の九頭竜川（くずりゅうがわ）に突き落とされたときの浮遊感に似ていた。

死ぬ、と思った。

「おい！　そこで何をしておる」

足音が大きく響くと、青菜のようにしおれている和三郎の体が持ち上げられた。強い指の力が和三郎の背中に食い込んできた。

「これは一体何の真似だ。闇討ちか」

男の声がやけに頼もしく響いた。

その声を聞きながら、中村一心斎から聞いた透明な鋼の球体など、単なる幻想に過ぎなかったと和三郎は神妙になって反省していた。付け焼き刃の剣法はいかんな、と思った。

もう、うらの命は尽きる、そう確信した。

大川平兵衛は笑ったようだった。

「どこの誰だか存ぜぬが、余計な詮索はやめにしてもらいたい」

冷ややかな声が忍び込んできた。まだ人の声が聞き取れる状態にある自分が、和三郎は不思議だった。

「闇討ちではない。尋常な果たし合いじゃ。儂は検分役の清水二郎という者じゃ。清水赤城は儂の父じゃ」

「赤城殿。砲術家の……しかし、この果たし合いはどういうことです。検分役ならお分かりでしょう。木刀に対して真剣を向ける果たし合いなどあってはならない」

まだ三十歳くらいの男は、勇ましい江戸言葉を広島訛りでしゃべった。どうやら検分役と真剣を下げている大川平兵衛を睨みあげているらしい。

「木刀はこの者が好きで選んだもの。余程腕に自信があったと見える」

大川は若い侍を見下ろして平然といった。

「じゃが、この人はすでに体にひどい傷を負っている。さらしを巻いておるのが何よりの証拠だ。背中や脇、それに太腿にも刺し傷がある。試合をできる体ではないじゃろ。こんな人を相手に真剣を振るうのが尋常な果たし合いといえるのか」

男は激しい口調で二人をののしりながら、新たに血を噴き出している和三郎の肩口を手拭いで押さえた。

「傷じゃと？　何の傷じゃ」

検分役の清水が屈みこんで和三郎の背中と脇を調べた。

「まだ新しい傷じゃ。大川殿、これは一体どういうことじゃ」

検分役は背後に佇んでいる大川を振り仰いだ。

「儂は何も存ぜぬ。昨日会ったときはこの男には傷などなかった」

「ひどい熱だ。すぐに治療しなければこの男は死ぬぞ」

和三郎を抱え起こして男はいった。

「いったであろう。これは果たし合いだ。どちらかが死ぬのは当然のことだ」

大川平兵衛の声は冷徹そのものだった。

「おぬし、半死半生の男を斬って満足なのか。ひどい熱じゃ。このままでは一刻(約十四分)ともたん。すぐに助けなければだめじゃ。この若者はどこの誰だ。どこに運べばいいのだ」

「どこに住んでいるかは知らん」

突き放したようにいう大川の声が和三郎の上に落ちてきた。

「この若者は越前野山の土屋家家臣、いやその部屋住みの者で岡和三郎と申す者じゃ」

そう検分役の中年の男が付け足した。すると和三郎の肩を押さえていた男が反応した。

「岡? 岡、和三郎? 聞いておるぞ。そうか、おぬしは岡殿を狙う刺客か。この背中や足の傷もおぬしが闇討ちでやったことか」

そうはっきりという男の声が耳に入っていたが、和三郎の体はその後の様子を聞き取る余裕がもうなくなっていた。

青く染まり出した空に、男たちの影がくっきりと際立っていた。これで何度気を失ったことか、と和三郎は最後に胸の中で呟いた。それはこの世との決別の呟きだった。

三

眠りの最中に、何度となく乾いた口を濡らしてくれる者があった。

苦しかった。体中が火傷を負ったような痛みに苛まれた。だから喉に湿りを与えてくれる一滴の水はありがたかった。

これは慈雨だ。

だが、和三郎は目を開くことはできなかった。痛みと熱の中で息をすることさえ苦痛だった。早く誰か殺してくれとさえ祈っていた。

それきり昏睡した。

目を開いたとき、小さな太陽が空中に浮いていた。それは雨戸の節目から射し込んでくる陽光が、障子にあたっている光だと気づくまでしばらく時がかかった。

これはうつつか、それとも幻を見ているのだろうか。

そう考える脳が、光芒（こうぼう）に揺らいでもつれあっている。

気づくと、肩から胸にかけてさらしが巻かれていた。そこがどうなっているのか確かめようとすると、骨が悲鳴をあげた。背骨から伸びた神経が引き攣（つ）り、一寸も体を動かすことができなかった。鋭い刃物が胸に刺さったまま、心の臓をいたぶっていたからである。

肩の骨は砕かれていた。痛みはあるが、骨はつながってはおらず、小骨が踏みつけられたようにバラバラになっていた。

（これは生きている者の肉体ではない）

そう呟いた。そのまま、また痛みと耐えられない息苦しさ、気持ちの悪さと絶望の中で眠りに落ちた。

その次に目を覚ましたとき、部屋の中では潮風の香りを伴った夕風が舞い踊っていた。

河岸に向かって掛けられた簾（すだれ）が、すずしげな乾いた音をたてている。

首だけ曲げて和三郎は小部屋から望める夕空を見ていた。ここはどこだろうと思っていた。自分がどうにかまだ生きていることだけは理解できた。

廊下に足音がして袴（はかま）をつけた男の足首が目に入った。男は和三郎の枕元に座ると、桶を傍らに置いた。

「気がつかれたか」

男の声に聞き覚えがあった。

「私はいつからここにいるのですか」

「四日になる。四日と半日」

「ここはどこですか」

男は桶の水に浸しておいた手拭いを取り出し、水を絞ると、和三郎の胸の汗を拭った。

う、と和三郎は呻いた。激痛に体が貫かれたのである。

「地獄の三丁目」

「はあ」

やはり自分は死んでいるのかと思った。

「と言いたいが、おぬしはしぶとく生き残った。石井峯庵（いしいほうあん）先生がこれほど頑丈な者も珍しいといたく感心しておったぞ」

「そうですか」

一応返事はしたが、頭の中は深い霧が充満していて、声を出しただけで、体のあらゆる部分が錐でつかれたように痛んだ。

「麻酔を施して手術をして下されたが、およそ五時（約十時間）も要した。途中で麻酔が切れて、おぬしが大暴れするので、三人の男で取り押さえた」

医者に手術を受けた記憶は全くなかった。ただ煮えたぎった湯の中で、刃をあちこちに突き刺される拷問を受けていただけである。

「しかし、油断はできぬ。出血が激しかった上、肩の骨が砕かれ、胸に厳しい一撃を喰らっておる。あと半寸ずれていたら、おぬしの心臓は壊滅しておったそうだ」

「はあ」

息をするのも辛いほど、胸が苦しく痛いのはそのせいかと考えていた。すると、本当に自分はまだ生きているのか。

「おぬしと果たし合いをした相手も、おぬしが死んだものと断じて肩を怒らせて立ち去っていった。不敵なやつだが、生半可な腕前ではないな」

全然覚えていない。

「あの凄腕に対して木刀で立ち合ったとは、おぬしはアホじゃな」

そうだ、木刀で向かって行ったのだ、とぼんやりと思い出した。

「養生が必要だ。峯庵先生は半年ほど寝ていなくてはならぬといわれていた」

「半年……」

それは無理だろうと、白濁する意識の中で和三郎は感じていた。それから傍らに座っている男をなんとか片目を動かして観察した。

平凡な顔だった。

丸いような長いような、要するに楕円形の顔形だった。

「失礼ながら、あなたはどなたですか」

「おれか。おれは逸見弥平次と申す」

聞いたことがあった。確か、広島藩浅野家家臣であるはずだ。その名前は倉前秀之進から出た名だ。

いや、おもんさんが倉前さんから言いつかったといって口にしたのだ。

「ではあなたは倉前さんの同輩の方ですか」

「そうだ」

和三郎の頭の中で響くものがあった。

「逸見弥平次殿。思い出しました。確か、多田円明二刀流をお遣いになるとか」

「まあ、そうだ。国では師範代をしておった。じゃが江戸では軽く見られている。

軽輩だからな」

「するとここは芸州広島藩の蔵屋敷なのですか」

そう尋ねると、思いがけないことに逸見弥平次は片方の頬を歪（ゆが）めて苦笑した。

「浅野家の蔵屋敷はもそっと南にいった松平安芸守（まつだいらあきのかみ）の屋敷内にある。しかし色々と事情があって、表向きおれは蔵屋敷にはおられなくなった。倉前もその口だ。もっとも蔵屋敷そのものも縮小されてな、ほとんどの藩の産物は青山（あおやま）の屋敷に越していった」

そのとき和三郎の息が突然苦しくなってきた。それでも果たし合いの最中に乱入してきた恩人のことを聞かなければ、気持ちが落ち着かなかった。

「それでは、大川平兵衛との果たし合いで、殺されかけていた私を救ってくれたのは、あなたですか」

「そう、私だ。私が偶然稲荷神社の前を通りかかったら、斬殺されようとしている若い侍を見つけてな。それで仲裁に入った」

「助かりました」

「なんの。それからな、おぬしを担いでここまで運んだのも私だ。まあ、決闘を見物しておった船頭が一人おったので手伝わせたがな」

百文の親爺かと思った。余分に支払った五十文がものをいったようである。

「お礼を申します。あの、それで倉前さんはここにおられるのですか」

「おる。しかし、今夜は事情があってここには参らん。しかし、おぬしは元気じゃのう。目覚めたばかりなのによく喋る。水を飲んでもう少し眠っておれ」

そう勧められて水を口に含むと、和三郎は目を閉じた。すぐにふっと暗いところから網が広がって伸びてきて、和三郎をさらっていった。

眠っている最中、何度か人の足音が耳元でして、小声で話す声が聞こえてきた。ただ、内容までは確かめられなかった。まだ夢うつつだった。

さらしを取って汗を拭ってくれる人がいたり、貼り薬を傷口に荒々しくあてる者がいたりした。手荒い作業をするのは医者だろうという気がした。

再び深い闇の中にいた。

長い時が過ぎた。

重い足音がして、大きな体がすぐ傍らに座った。「お、無事であったか」と安堵する声が耳に忍び込んできた。

和三郎は深い地中の底から這い出て、その声の主を探る体勢をとった。ただ、実際に体が敷いてある茣蓙から這い出たわけではない。

「岡殿、岡和三郎殿、生きておるか」

懐かしいその声は、思いやりに溢（あふ）れていた。和三郎は目を開いた。

「どなたですか」

「儂じゃ。待て、今行灯（あんどん）をともす」

光の中に現れたのは赤ら顔の髭面（ひげづら）の男だった。

「多賀（たが）殿」

そう声をかけると、髭面の男は違う違うというように顔の前で手を振った。

「それは世を忍ぶための仮の名じゃ。本名は」

「倉前秀之進様」

「さよう。頭を打たれて気が変になったのかと思ったぞ」

「はあ、記憶がちょっと……」

「混乱しておったか。大垣で別れてから、かれこれひと月になるな。達者であったかと聞きたいところじゃが、おぬし、また死にかけたそうじゃな」

「はい。何度か死にかけました」

「何度か。ふむ、おぬしも何か密命を帯びての旅であったかな。いや、そんな風な感じがしたのじゃ」

「はい。細かいことは倉前さんには申し上げられなかったのですが、ご推察された通り、藩命で武者修行に出たわけではないのです。あれから色々ありました。私が武者修行を命じられたことには裏がありました」

「まあそうあわてるな。夜は長い。腹は減っておらんか」

「すごく減ってます」

「ちょっと待て。今、粥を用意する」

むっくりと小山のような姿が起き上がり、廊下に出て行った。倉前が畳を踏むと寝ている和三郎の体もつられて沈んだ。

待っている間、天井を眺めあげた。随分煤けているのが行灯の灯りでも分かった。ここはどういう家なのだろうか、と疑問を持つ内に、再び眠りに落ちていった。

次に目を開くと、朝の光が障子を明るくさせていた。しばらくぼうっとしていると、部屋を覗きに来た若い侍が、おう、目覚めましたか、というなりすぐに奥に行った。代わりに和三郎の命を救ってくれた逸見弥平次が顔を出した。

「大分眠っておられたな」

「どれくらい眠っていましたか」

「そうさな。おれが助けたのは丁度十日前の明け方になるな」

逸見は膝を崩して枕元に座った。

「あ、一度、倉前さんとお話ししました」

「それは四日前だ」

倉前と話をしたのはその日遅くか翌日だった。

すると、倉前が用意をするという粥を待っている間に、三日間以上も眠ってしまったことになる。

ぐうっ、と腹が鳴った。

「十日間も飲まず食わずでいたわけか。よく餓死しなかったな」

和三郎は自分の頑丈さに感心しながらそう呟いた。逸見弥平次にいったつもりはなかったが、彼の耳にはちゃんと届いたものらしい。

どんぐり眼(まなこ)を見開いて、逸見は声をたてて笑った。

「なんの、おぬしは毎日食っておったぞ。痛いだの体が焼けるだのと文句をいいながら、うねが出すものをみんなばりばりと食っておった。食うとすぐに眠り込んでおった」

「覚えていませんが、食っていたんですか」

「食っておった。石井峯庵先生も餓鬼のようなやつじゃと恐れ入っておったぞ。ほれ、朝飯がきたぞ」

障子に小柄だが太めの人影が差して、小熊のような小女(こおんな)が鍋を運んできた。

「おれもここで食おう。うね、おれは飯だぞ、雑炊はこっちの人だ」

小女は裾の短めな夏着をまとっている。江戸府中に入る途中で見かけた漁師の女房の様子と似ていた。

小女は頷(うなず)くと、もう一度台所に行き、今度は飯の入ったおひつを運んできた。それから黙って逸見に飯をよそった。和三郎には鍋から雑炊を椀(わん)に入れて膳に載せた。

「うねは明石町(あかしちょう)の漁師の娘でな、ここで我らの世話をしてくれておるのだ」

「ここには何人住んでおられるのですか」

「ま、四、五人というところかの。二人ばかしは桜田(さくらだ)の屋敷におるが、あとの者は赤坂(あかさか)と青山を行ったり来たりしておる。おれや倉前はここを根城にしておる。だが、毎晩いるわけではない」

「そうですか」

半分いい加減に聞いていたのは、ネギ雑炊と魚の煮付け、それに酢ダコの味が絶品だったからである。茄子(なす)もうまかった。

和三郎は鍋に入っていた雑炊を全て平らげてから、ようやくうねという小女に顔を向けた。

「うまかった。こんなうまい雑炊は初めて食べました。ありがたい。感謝します」

二人の顔を交互に見て頭を下げた。

「この煮付けは何という魚ですか」

「鰤(ぶり)だ。ここらではどんな魚でも食える。うねの味付けが漁師育ちのため雑なのが残念だがな」

そういって、逸見はカッカと笑った。うねは表情を潰している。

「鰤ですか。初めて食べました。えろううまかった」

鰤の煮付けなど、土屋領にいるときは食べたことなどなかった。それは上士の家庭だけで食されるもので、二百石の中流の武士の家庭でも、膳に載ることはめったになかったはずだ。山を越えて海の幸を運んでくる業者は、とびきりの高い値段を雑魚(ざこ)にもつけた。

うねは色黒である。いびつなジャガイモのような顔形だが、和三郎があまり感動するので、その顔に羞恥の色が浮き上がった。それを見て、こういう働き者も江戸にいたのかと驚いた。江戸の女はみんな華やかで、琴などのお稽古事ばかりしているのだろうという思い込みがあったのである。

「四、五人の方が住まわれているといわれましたか」

「いった」

逸見は朝飯を食べ終わって楊枝をつかいながら茶を飲んでいる。この人の顔は茄子に似ているな、と初めて和三郎はまじまじと命の恩人を眺めた。

「ここはどのあたりにあるのですか」

「船松町だ。すぐ前が大川だ。住む者がなく、空き家になっていたのを借りている。前にここに住んでおった漁師の家族が、鼠取りの薬を飲んで一家心中しおったのだ。そうそう、おぬしが墓場にしようとした稲荷神社とは目と鼻の先だ」

「では倉前さんが私に訪ねてくるようにといった鉄砲洲の蔵屋敷というのは、どうなったのですか」

「それは今の南小田原町にある。門跡の長い塀と築地川を挟んだ東側だ。分家の浅野内匠頭の屋敷があったところだ。だが、倉前がおぬしに来いといったときとは事情が変わってな。ま、お家騒動のあおりを食って蔵屋敷は縮小され、我々は追い出された。もっとも騒動を起こしたのは我々だ」

逸見はニヤリとした。うねがそばで聞いているのにまるで頓着している様子はない。

うねも澄ました様子で座っている。随分開けっぴろげな人だと、和三郎は満腹した腹を押さえて感心していた。

そのあとすぐ和三郎は横になり、そのまま眠り込んだ。

次に目を覚ましたのは、倉前から揺り起こされたからである。

夜になっていた。

四

「岡殿、ちょっと起きてくれ」

いやおうなく目を開くと、饅頭(まんじゅう)をはめ込んだような目玉が、食らいつくように和三郎を睨んでいた。

「尋ねたいことがある。おぬしの荷はどこに置いたのじゃ」

和三郎の眼(め)に灰色の膜が張り付いていて、周囲の様子はよく分からなかったが、倉前の急いでいる様子は察知できた。

「荷ですか？」

「そうじゃ。防具と刀はどうしたのじゃ」

行灯の灯りの中に三人の男の影が映し出されている。深夜になっているようだった。

「あ、あれは……」

小部屋の隅に置いた防具袋と刀、それに荷物が脳裏に浮かんだ。今まで忘れていたのが不思議だった。

「大変だ。茶屋に置いたままだ」

「茶屋？　どこの茶屋じゃ」

倉前の熱い息が鼻にかかった。酒と干物の臭いが漂っている。

「ちょ、ちょっと待って下さい」

和三郎は上体だけでも起こそうとした。だが肩から背中にかけて、刃物を貫通されたような激痛が走り、呻き声をあげて敷いてある莫蓙に落ちた。

「西本願寺門跡の、表門の前にある茶屋です」

「なんという茶屋か覚えておるか」

「あれは……」

大川平兵衛の言葉を思い出した。茶屋に果し状を送るといったのは大川なのである。

「『よしみ屋』です」

「そうか『よしみ屋』か、あい分かった」

倉前は立ち上がった。

「まて倉前」

それを傍にいる別の男が抑えた。顎の細い、目鼻立ちの整った武士だった。袴をつけている。

「もう四ツ（午後十時頃）を過ぎた。いくらなんでもいま行けば押し込み強盗だ」

「朝まで待とう」

そういったのは逸見弥平次である。今夜は奇妙なほど真面目くさった面持ちでいる。

「岡殿、明朝おぬしが置いてきたという荷を我らが取りに参るが、いきなり荷物を出せと申しては怪しまれる。その前に一筆したためてもらえんか。茶屋の主人に見せるのだ」

「はあ、いいですよ」

「待て、硯の用意をする」

部屋の片隅に置かれていた小机から硯と筆を持ってきた逸見は、巻き紙を切ると半紙状にして差し出してきた。

「預けた荷物をこの者に渡してほしいとしたためてくれ。相手の名は何という」

「婆あです」

「馬場というのか」

行灯の灯りが逸見の目に映って揺らいだ。雨戸が開いているらしい。不用心だなとふと和三郎は思った。

「いや、馬場ではなく、婆あです」

「婆あ？　それが名前か」

「いや、名前は知りません。茶屋を切り盛りしていたのは婆さんです」

「婆さんの婆あか」

あきれ顔で横になっている和三郎を見下ろした。

「おぬし、ふざけておるのか」

逸見の目が鋭く光った。そのつもりはなかったが、確かにそう思われても仕方がなかった。

「名前は聞いていないのです。店を切り盛りしていたのは気丈な婆さんでした」

明らかに逸見は落胆した。だが、すぐに気をとり直した。

「婆あでも構わん。とにかく、この封書を持ってやってきた者に、預けてある荷物を渡してくれと書いてくれ」

「はい」

和三郎は天井を向いたまま、いわれるまま一筆したためた。そのとき、もっと大事なことを思い出した。

「茶屋に娘がいます。おけいという娘です。この娘に財布を預けました。それをさる女子(おなご)に届けてくれるように頼んだのですが、それがどうなったか確かめてほしいのです」

そういうと三人は互いの顔を見合わせて、ちょっと黙りこんだ。

「岡殿、その、さる女子というのはどういう娘か教えてくれぬか」

倉前が神妙な様子で尋ねてきた。

「はあ」

教えてくれといわれても、簡単には説明できそうにない。土屋家で起きている内紛のことから、沙那の兄、原口耕治郎の上役である工藤四郎右衛門が、沙那に命じた江戸行きのことなどを縷々説明するのは骨が折れる。

「実は私の許嫁となっている娘です」

思い切り端折っていった。

「許嫁？　おい、おぬしにはそんな女子がおったのか。全然存じなかったぞ」

倉前は髭を動かしてもぐもぐといった。

「ですが、どうも土屋家家中にきな臭い動きがありまして、この女子もそれに巻き込まれたようなのです。私の許嫁というのも、工藤というこの娘の兄の上役からにわかに命じられたことのようです」

それだけいうと、和三郎の息が上がった。それに喋っている内に腹が減った。

うーむ、と唸り声を出して倉前は腕を組んだ。

「きな臭いことというのは、いつかおぬしがいっていた、当主の嫡子が危険にさらされているということか」

「私には藩政のことは分かりませんが、隠棲したはずの前領主が、幼い息子を次の藩主に仕立てようと画策しているようなのです」

「確か、前領主というのは、当主の弟で、家臣の女房を手籠めにしたり、家臣を無礼討ちにしたりと、凶暴なふるまいがあったやつであったな。弟が先に領主に据えられたということは、当主は脇腹の子か」

倉前の言葉に和三郎は黙って頷いた。倉前は和三郎が脱藩扱いされていることに一応同情を示したが、実状は倉前の方こそ身に危険が迫っていた。領内の窮状を訴え、藩政改革を促す密書を倉前は隠しもっていたらしく、それを奪う側の刺客との闘争に明け暮れていたのである。

横から声がした。

「絵に描いたようなお家騒動だな。しかも幕閣にとってはいかにもおいしい話だ。そんな明瞭なお家騒動ならいつでも藩を取り潰せるからな」

細面の武士がそう呟いた。和三郎がその人物を見つめていると、うん、と頷いて軽く頭を下げた。

「岸九兵衛と申す。何度かここへ来たが、おぬしはいつも眠っておった」

それは失礼いたしました、といって和三郎は居住まいを正そうとした。だが、筋肉を骨が刺した。

「岸殿は辻維岳殿の実弟じゃ。存じておるか辻維岳殿を」

倉前は大きく目を瞠って問い質すようにいった。和三郎は首を縮めて頭を振った。

「芸州だけでなく、内外に知られたお方だ。藩政を改革される旗手じゃ。儂のような成り上がりと違って辻家は千二百石の大身じゃ。岸殿は江戸で辻殿に代わって我らの支えになってくれておる。おぬしもここに居候するならちゃんと覚えておくように」

「はい」

ははあっと頭を下げたい思いだった。何だかよく分からなかったが、体中が熱を持ってきた。尻まで赤面しているようだった。

倉前はかしこまっている和三郎を前にして、急にくつろいだようになって体を丸めた。だが眉間には深い皺(しわ)が寄っている。

「土屋家もついにお家騒動が勃発したか。おぬしが申しておった脱藩名目の修行旅というのは、それにかかわることか」

倉前は憐(あわ)れみの目で和三郎を見た。

「ま、おぬしの若さなら大した密命を負わされていることもあるまい。ここにかくまうことに異存はないが、儂らもいささか激震を喰らっておってな」

そこで、申してもよいか、という様子で倉前は他の二人に目を向けた。二人とも何もいわずにいる。

「広島藩でも国許は真っ二つに割れておる。じゃが民の怨嗟の声は江戸までは届かん。殿は家老のいうがままでな、つまり江戸では奸賊が猛威を振るっておるということじゃ」

「倉前、この御仁は傷を負っているのだ。そこまでいう必要はあるまい」

逸見がたしなめた。倉前は腕組みを解いて、うむと唸った。

「というわけでな、同時にふたつもここで騒動を起こすわけにはいかんのだ」

「すみません」

身の置き所がなかった。

「まあ、よい。いずれにしろ、明朝、岡殿の荷物を取りに行くのが先決じゃ。あとのことはそのとき決めよう」

岸九兵衛が、上士の雰囲気を漂わせて年上の同志二人をたしなめた。

「よし、分かった。ところで腹が減ったな」

気分転換も早いが、倉前は大食漢でもある。逸見が承知したというように膝を立てた。

「握り飯がある。あ、そうか、岡殿にはまだ握り飯は無理か」

「いや、頂きます」

と和三郎はここぞとばかり逸見に言い放った。三人は力んでいる和三郎を見て、あまり声をたてずに笑いあった。

五

明け方、和三郎は突然便意を催した。我慢できそうもなく、また誰かの助けを借りることも潔しとしないので、そろそろと体を動かして、まずは障子に向かった。その一間（約一・八メートル）ほどの行程で、肩と背中が悲鳴をあげた。心の臓が激しく脈打って目が眩（くら）んだ。

息が鎮まるのを待って、廊下に出た。なめくじが這（は）うように雨戸を収納する暗い隅に行ったが、そこは単なる廊下の突き当たりで、便所は外にあるのが分かった。薄ぼんやりとした朝方の中にぽつんと小屋が建っている。

雨戸ひとつを開けるのも一苦労だったが、さらに下駄（げた）をつっかけて、便所まで行く四間ほどの距離は死ぬ思いだった。激痛と呼吸困難の中で、何度か座り込み、痛みが治まるのをじっと待った。

さらに和三郎を泣かせたのは、下帯を解く困難さである。ようやく解いて尻を露出したが、両膝を曲げることができない。板壁に摑まって、助けてくれと胸の中で叫んだ。

だが、誰も来ない。

絶望と嘆きの中でようやく便を終えると、下帯が汚れているのに気づいた。眠っている内にそそうをしていたらしい。

仕方なく下帯を捨て、便所を出て手水場（ちょうずば）で手を洗うと、一尺ずつ前に進んだ。自分が尺取り虫になった気がした。

ようやく小部屋に戻り、莫蓙の上に体を横たえると、そこで大きく息を吐（つ）いた。

やった！

地獄から生還した思いだった。全ての苦しみから解放された和三郎は、褌（ふんどし）を取り払った陰茎が、夏の朝風にさらされる心地よさに身をゆだねた。

ゆるやかに眠りがやってきた。雲の上を漂っている気分である。

当然、それがいつまでも続くものではない。

朝日が昇って大川から渡ってくる風に潮気が混じってきた頃、小部屋に和三郎の荷物が運び込まれてきた。そのとき、丸出しにしたままでいた陰茎を倉前にはたかれた。

「くつろぎ過ぎじゃ」

と倉前はいった。蹴飛ばされるのかと警戒したが、倉前はニヤリと笑うと、すぐに防具袋を開きだした。

「逸見弥平次がおぬしの荷を取りに行ってくれた。今、おぬしの財布が女子に渡っているか確認のため土屋家に向かっておる」

「土屋家へ……」

それはどういう意味だと思ったとき、防具を防具袋から取り出した倉前は、今度は空になった袋を探り出した。

いったい何をしているのか、と思ったとき岸九兵衛が部屋に入ってきた。

「どうだ」

「いや、待て、確かこの底の裏側に……お、あったぞ、大分くたびれておるが、確かに維岳どのが書いた密書だ」

茶色い油紙にくるまれた封書を取り出した倉前は、誇らしげにそれを岸に差し出した。

「うむ」

岸九兵衛は片膝を立てると、丁寧に油紙を解き、封書を手にした。

「ここで開いてはならんぞ」

「分かっておる。さっそく浅野遠江殿に届けよう。なんとかすぐにお会いできるように掛け合ってくる。まだ、詰所には出ていないはずだ」

「吉井と塚本も連れて行け」

「いや、おれ一人の方がよい。いかに屋敷を訪ねるといっても、目立ってはいかんからな」

「頼む」

　倉前は大きな体を丸くして岸に頭を下げた。岸が出て行くと、ポカンとしている和三郎の前まで顔を持ってきて、揶揄するようにその顔を横にした。

「おぬし、新しい下帯は持っておるのか」

「あります」

「荷の中か」

「そうです」

　体を起こすと、和三郎の荷物の中を探った。大猿が子猿の蚤をついばんでいるようなおかしな風景だった。

「今のは何です？」

　たまらずに和三郎はそう尋ねた。他人の防具袋を勝手に探って、持ち主さえ知らなかった油紙にくるまれた封書を探り出したのである。なんらかの挨拶があってもよさそうだった。

「密書だといわれましたか」

「そうじゃ。儂らの献白書だけでは殿は動かん。家老六名、さらに年寄り二人の内四名は今中大学(いまなかだいがく)派でな、その中でも殿に一番信任が厚いのが国家老の今中じゃ。その今中が殿に呼ばれて江戸に来ることになった。こやつが獅子身中の虫だ。じゃが、儂らが何度も献白書を出したのが、ようやく殿の耳にも届くようになった」

そう倉前は小鼻をふくらませて得意気にいったが、和三郎にはまだ倉前がいましがたとった行動が納得いかずにいる。しかし倉前はおかまいなしだった。

「それにだ、昨今は黒船来襲で江戸の屋敷も右往左往しておる。殿に藩政改革を促すには絶好の機会なのじゃ」

以前、芸州広島藩には大坂商人から十八万両の借財があると倉前から聞かされたことがある。一年分の収穫高全てを返済に回さなくては帳尻が合わなくなる。しかし、それでは藩の財政は危機に瀕(ひん)してしまうのではないかと思ったものだった。

外様(とざま)の親分格の薩摩(さつま)藩には五百万両を超える借財があり、実質的に藩財政は破綻しているという。それでも江戸から遠い国でもあり、薩摩藩は幕府のお咎めなどお構いなしで、あらゆる抗弁を弄して勝手に外国と貿易している。莫大な金を遣って外国から鉄砲や反射炉の資材まで買い付けているが、それでも貿易で得た隠し金があるので、藩財政が回っているのだと、昨年、土屋家に教授にきた儒学者から講義を受けた。そのあおりを食っていずれ倒産するのは大坂商人だ、と薄気味わるい笑みを歪んだ頬に浮かべて喋っていた。

貿易とは要するに密貿易のことだ。本来なら国家反逆罪だが、薩摩のように大きな藩ともなると、幕府も強気には出られないらしい。

　薩摩藩の石高は七十七万石といわれているが、それは大隅、日向、琉球を入れてのことであり、それも総高は籾高で、米高に換算すると三十七万石くらいだという。二年前に領主になった十一代斉彬という人は英邁であり、開明的であるという噂である。

　その曽祖父の重豪というのが化け物じみた傑物で、変わった藩校を建てたり医学院などを新設した。国家のあり方について先見の明を持っていたというが、金に糸目をつけずに目新しいことに注ぎ込むので財政は放漫になり、それで借財が嵩んだという。いかに斉彬が才気に溢れていても、倹約ごときでは財政は立て直せないという話を和三郎は聞いている。

遠い越前野山までそんな話が聞こえてくるくらいなのだから、他の小藩の困窮ぶりは推して知るべしだった。最初から収穫高より出費の方が多いのが分かっているのである。

ゆっくりと行き詰まるか、早くからお手上げになるかの違いだけで、どの家もいずれ破綻するのは目に見えているのである。そうなると、一日でも生きながらえていたい武士どもは、脅してでも農民から米を奪い取らなくてはならない。

旅を重ねて様々な見聞を深めたのは、和三郎にとっては楽しい出来事だった。だが闘争の傍ら、この国が内紛にあけくれている内に、三百近い藩はみんな外国の領地として吸い上げられてしまうか、侵略を受けてしまうのではないかと思うようになっていた。

お家騒動なぞしているときではないのである。

しかし、四万三千石の土屋家もその十倍の石高のある芸州浅野家も、いまだにお家騒動に切磋琢磨(せっさたくま)しているのである。そういう中で、果たし合いなどして傷を負い、他藩の者の世話になって寝ている自分はミジンコみたいなものだと思った。

(それでも生きて行くしかないのだろうか)

煤けた天井を見てため息をついた。

聞きとがめた倉前はどうかしたか、といって和三郎を上機嫌で見返した。

「倉前さんは大垣の宿でも、私の荷物の中に密書を隠したのではありませんか」

「ああ、儂の恋文のことか」

極楽とんぼとはこの人のことをいうのだろうか。

「だが、あれは偽の密書だ。本物は別の者が江戸の同志に届けた」

「それとは別に倉前さんは私の防具袋に密書を隠したのですか」

「そうじゃ。どちらも密書には違いないが、辻維岳殿は藩の重臣じゃ。その密書の内容の重みが違う。しかも木綿の藩専売制の弊害や油御用商人から藩重役への賄賂、太田川沿いの村で栽培されるからむしの取引を巡って不正があり、村民が一揆を起こしたことまでこと細かに記されておるはずじゃ」

「からむしとはどんな虫ですか」

「虫ではない。苧麻ともいってな、麻の仲間だ。蒸した茎を川で扱いで糸にするのだ。これら重役の不正や藩札の乱発による領内の混乱を、辻維岳殿は郷方の役人を使って詳細に調べ上げたのじゃ。今中大学は実力者で、かつては功労者でもあったが、殿の信任をよいことに藩政を自分のものにしたのじゃ」

「同じ跡目相続でも、土屋家とは大分趣が違いますね。うちの藩はただの乗っ取りだ」

先代の忠国様さえおとなしく隠居しておれば、陰湿な殺し合いなど起こらなかったのだと和三郎は思った。

「ともかく、もしものことを憂慮して、儂はおぬしの防具袋の底を裏返して、さっき岸に渡した密書を隠しておいたのじゃ」

それでおもんさんに、江戸に来たら安芸藩の蔵屋敷まで訪ねてこいと伝えさせた意味が分かった。単なる親切心から出た言葉ではなかったのである。

「気がつかなかった」

「それはそうじゃ。防具袋の底蓋を誰がひっぺ返すものか。しかも大分くたびれておったからな。あ、儂がやった防具袋はどうした？」

「捨てました」

屑屋(くずや)でも見向きもしないようなよれよれの防具袋だった。実際は二朱で売り払ったのだ。

「もったいないことをしたのう」

「でも何故急にあの密書が必要になったのですか」

「さっきも申したであろう。悪の総本山の今中大学が、国許から江戸の藩邸にやってくるからじゃ。国家老が江戸に来るなど尋常なことではない。殿は十五歳のときに襲封してな、実権は藩の重役が握っておった。その年寄り上座が引退すると、執政は今中大学へと移ったのじゃ。しかも殿は徳川家から末姫（すえひめ）様を正妻に迎えられてな、大坂商人からえらい借財を重ねた。その折、働いたのが関蔵人（せきくらんど）という執政派の年寄りと今中でな、殿は今中を心より信頼しておるのじゃ」

「なるほど」

「その今中の弁舌を聞かされたら、お家が危機に瀕していることなど、殿は一切お構いなしにしてしまう。その前にどうしても辻維岳殿の密書を使って、領内の実情を殿に直訴せねばならんのだ」

「なるほど。しかし、倉前さんが大垣で別の人に預けたという密書はどうしたのですか。お上は読まれなかったのですか」

　実は、と呟いて倉前は顎を落とした。

「昨日分かったことなのだが、あの献白書は江戸にいる家老と年寄りどもによって握りつぶされていた」

　それで、昨夜になって急に防具袋のことを聞いてきたのかと和三郎は理解した。

「さきの密書は、殿の目には触れていないのじゃ。じゃが、悪党連中にははっきりと藩政改革を訴える反乱者が誰か分かったはずじゃ。以前より儂の身には妙なことが起こっていたのじゃが、それも道理じゃ」

「何か変なことが起こったのですか」

「起こった」

そこまでいって倉前は顔を上げた。廊下をやってくる大きな足音がする。

六

逸見弥平次が現れた。細い目をいっぱいに広げて、寝ている和三郎を見下ろした。

「美人ではないか」

いきなり声を荒らげてそういった。横になっている和三郎の脇に座ると、じわりと膝を進めた。

「あのような美人は広島にはおらん。いや、江戸でもめったにお目にかかれんぞ。小野小町か楊貴妃かじゃ。おい、一体どのようにしてあんな美人を射止めたのだ」

食らいついてくる逸見の視線を避けて、和三郎は天井を仰いだ。蜘蛛が這っている。

「ですから、それは土屋家の上層部で、我らには見えない企みが働いているからです。それに下っ端である私までも何だか知らないうちに巻き込まれて、それが結果的にあの娘との縁談がもちあがって……」

自分でもいっていることが支離滅裂だと思った。案の定、逸見は腐った顔つきをした。

「どのような企みがあろうと、あのような美人を許嫁に持てるのなら、おれは命を捨てることもいとわんぞ」

「そんな美人か」

倉前が髭を激しく揺らして逸見ににじり寄った。

「ああ、そんな美人だ。貴様もおがむとよい。腰を抜かすぞ」

「じゃが、儂は昼間からそう簡単には出歩けん。変装でもすれば別じゃが」

倉前は本気で落胆している。女を拝むために変装までしようと考えるこの人の本性は、どこにあるのかと和三郎は訝った。

「そう思ってな、ここへ来るように申しつけておいた」

へへへと逸見は相好を崩してにやけた。冗談じゃないと天井を仰ぎながら和三郎は憤慨した。

「ど、どういうことですか」

「どもるな」

「ここへ呼んだとはどういうことなんですか。私は闇の者に追われているんです」

倉前は妙な顔をした。

「闇の者に追われているとはどういう意味だ？　ここも見張られているということか」

「いや、ここは大丈夫でしょう。ただ、沙那さんがここへ来るとなると、あの娘の跡をつける者がいないとも限らないのです」

逸見は腕を組んだ。

「何か事情がありそうだな。そういえば、あの果たし合いのときもおぬしはすでに体に傷を負っていたな。ここへ運び込んだとき、おぬしは半分意識がなかったので詳しいことはまだ聞いておらんが、あれは新しい傷だった」

「果たし合いの前日の昼間、茶屋で襲われたものです。五人の町人から不意打ちに遭いました。あの日、私は江戸に来たばかりだったのです」

「江戸に来た日に襲われたとなると、いつからか見張られていたことになるな。それとも偶然かの。しかし、町人が武士を昼日中から襲うなど考えられん」

逸見は首を傾げた。

「町人の風体をしていましたが、あいつらは町人ではありません。といって、武士が変装したものでもなかった……」

和三郎は町人が匕首を翳して襲ってきたときの情景を思い浮かべていた。あのような鋭い太刀捌きは特別な訓練を受けた者でないとできないことだった。

それにあの匕首は町人が持つ物とはどこか異なっていた気がする。刀の先端だけを切り取ったような、細長く中央が太い苦無型と呼ばれる刃に似ていた。

「儂は殺しを請け負う者どもが、江戸には潜んでいると聞いたことがある」

ふと倉前がそう口を開いた。驚いたのは逸見も同様で、細い目をさらに細めて倉前を窺った。

「殺し屋か」

「そういうことになるな。ただ、儂が聞いたのはそいつらに殺しを指図する業者がいるということだけだ。儂も狙われているのでな、調べる必要があると思ったのじゃ」

「どういうやつらだ」

逸見はさっきとはうって変わって真剣な顔をして倉前を見つめた。

「忍びのはぐれ者らしい」

「つまりは城の門番をしていたやつらということか。伊賀流忍者も戦さがなくなって、大手門であくびをして暮らしているがな」

「いや、元々は忍びに優れた者たちで、諸家に雇われては薬売りや虚無僧、商人、果ては猿楽師などに化けて色々と探っていたらしい。七方出というのを聞いたことがあるか」

「おおある。変装の七変化をいうのだな」

「そうじゃ。忍者は芸州安芸浅野家では外聞きと呼ばれておった。福岡黒田家では秘密役となった。各領地によって忍者の呼び方は様々じゃ」

倉前はよく知っている。越前野山土屋領にはもう忍びが跋扈することはなかったはずなのだが、実際に旅立ちの日にそれらしき者たちに襲われているので、和三郎は気持ちを集中させて倉前の話を聞いていた。

「今でも側に忍者を置いている領主はいるのかの」

「おるさ。だが能ある忍者は側用人など領主の傍を固める役についた。我が浅野家につかえる近習頭の疋田正典も大盗賊の末裔だ」

「ほんとか」

逸見は血相を変えた。倉前は落ち着いている。

「と儂は睨んでいる。ともあれ、忍者にとってはどこの領主もことごとく沈滞して雇う者がいなくなり、食っていけなくなった。それで職にあぶれた連中が、徒党を組んで闇の仕事を請け負うようになったらしい。江戸におれば、危ない仕事はいくらでも舞い込んでくる」

「なるほど。銭にはなりそうだな」

逸見が舌なめずりしていうのを聞いて、和三郎は黙っていられなくなった。

「仮に忍びの者であったとしても、私ごとき小物にそれほどの価値があるとは思えません。私を亡き者にするために、土屋家の誰かがそれほどの金を投じるとは思えません」

密命を帯びたといっても、年寄りの思いつきかもしれないのだ。小納戸役の三男坊の命などぼうふらのように儚い。

「分からんぞ。価値がないと思っているのはおぬしだけで、実は和三郎殿は土屋家存亡の秘密を背負っているのかもしれんぞ」

倉前は仏像のように半跏の姿勢をとって呟いた。

「しかし、そうなると、あの沙那というおぬしの許嫁に、十日後に会おうといったのはまずかったかな」

逸見は本当にまずい物でも食ったように口元を歪めていった。

「どういうわけでそうなったのじゃ」

和三郎の代わりに倉前が聞いてくれた。

そうだ、どういうわけだと和三郎も思っていたところだった。

「会いたいといったのはあの娘御の方だ。それも岡殿の財布を茶屋の娘から手渡されたと確かめた後だ」

「おお、財布だ。そのために訪ねて行ったのであったな」

「うむ。茶屋の娘、えーとなんといったかの」

「おけいです」

逸見は大きく頷いた。

「あの茶屋の娘はおぬしが姿を消した後、三日間は財布を預かっていたそうじゃ。おぬしが帰ってくると信じてな。ところがおぬしは姿を消したままだ。そこでおぬしにいわれた通り、本所菊川町の土屋家下屋敷を探して、沙那を呼び出したそうだ。正直な娘だ。六十両近い金子(きんす)をネコババせずに届けたのだからな」

「ろ、六十両！　おぬし修行人であろうが、どうしてそんな大金を隠し持っておったのじゃ。道中、追い剝ぎでもしたのか!?」

倉前の目玉が飛び出している。

まさかといったんは答えた和三郎だったが、考えてみるとその通りかもしれないと思い直した。旅に出たひと月の間で自分も相当悪くなったと改めて自省した。斬った人の数も片手では追いつかなくなった。自らが招いたことではないとはいえ、そんな殺人鬼のような侍がいまどきいるだろうかと、自分のことながらはなはだ恐ろしくなった。

「沙那という娘も金子についてはえらく驚いておった。どうしても会って話したいことがあるというので、一応十日後の午過(ひるす)ぎに例の西本願寺前の茶屋『よしみ屋』で会うことにして、その後、ここに連れてくることにしたのだ。十日もすれば、おぬしの体も少しはましになり、話くらいはできるようになるだろうと思ってな。しかし、弱ったな」

逸見は浮かない顔で和三郎と倉前を交互に見比べた。ううと唸っていた倉前は、よかろうといって顔を上げた。

「その茶屋に連れてくるとよい。本所菊川町の下屋敷からは吉井と塚本にその娘の跡をつけるようにいって見張らせる。『よしみ屋』という茶屋には事前に儂が行って、怪しい者がいないか様子を探ってみる」

倉前は自分の企みがひどく気に入ったようだった。和三郎はあわてて上体を起こしかけた。しかし、肩の痛みがひどく起こすことはできなかった。

「そんな、私ごときのためにそこまでする必要はありません。それに倉前さんは昼間は出歩けないいんじゃないんですか」

「いいんじゃ。儂も変装とやらをして、屋敷にいる連中の動きを見物に出かける。うまくいけば儂らを付け狙う鼠の一匹か二匹でも捉えられるかもしれんからな」

倉前は妙に自信あり気にいって含み笑いをみせた。その瞳が色香にでも誘われているように、油を引いたように色めいた。

七

いつの間にか嘉永六年も七月十七日になっていた。江戸について二十二日間が過ぎたことになる。その間、ずっと床についていたわけではないが、ほとんどの時は縁側と小部屋に敷いてある茣蓙の間を往復して過ごした。それに倉前らには秘密にしていたが、平山行蔵の書物を参考にして、大砲の作り方を学んでいた。

十七日の朝はうねが風呂を沸かしてくれた。右足で風呂釜をまたぐのが一苦労だったが、久しぶりの風呂は気持ちがよかった。市中の銭湯に入れる日が楽しみだった。

浴衣でくつろいでいると、うねが朝飯を運んできた。昨夜捕れたというタチウオという聞きなれない魚を塩焼きにしたものと、熱い飯、牛蒡汁、茄子漬が膳に載っていた。うねは食べる間ずっと前に座っていた。飯をお代わりすると、元気になってよかっただと嬉しそうに微笑んだ。

芋のような顔がぷっくりと膨れるので、和三郎も嬉しくなった。

「このタチウオという魚はうまい。山の中にある土屋領では見かけたことがない。江戸は魚がうまい。実にうまい」

心からありがたいと思って礼をいった。うねは一層喜んだ。

「お久しぶりね」

朝飯を食べて一息ついていると、突然島田髷をゆった妖艶な女が現れた。嫣然と笑うその美しい容貌を目にして、和三郎は一瞬のうちに大垣の宿で体験した、なんともなまめいた一夜のことを脳裏に浮かべた。

「おもんさん、どうしてここに」

おもんは歌比丘尼(うたびくに)である。大垣で会ったときは白い着物をだらりと着て、紅の帯を腰に巻いていた姿を見たことがあるが、今日は料亭の若女将(わかおかみ)のような風情でいる。

「手伝いにこいと呼ばれたんですよ。こう見えても抜け出すのに大変だったのよ」

そう声を放つと、にっこりと笑った女の背後から大男の倉前が顔を出した。

「儂が呼んだのじゃ。おぬしにとっては大事な日じゃからな。おもんが支度をしてくれる」

「おもんさんも江戸に来ていたんですか」

「ええ」

と、おもんはあらぬ方を向いていった。和三郎はおもんがその手の質問を拒んでいることには気づかずにいた。それでなお尋ねた。

「一体どこにおられたんですか。倉前さんとは会っていなかったんですか」

今度は黙って持ってきた風呂敷包を開いていた。そこでどうやら聞いてはいけないことを尋ねてしまったらしいとようやく気づいた。ふたりは国許からの追っ手をまいて江戸まで逃れてきたのである。

おもんは若い髪結いを連れていた。その男が髭を剃(そ)り、髪を整えてくれた。和三郎は月代(さかやき)は剃っておらず、髪は総髪にして、前髪は見苦しくない程度に短めに切ってある。それが草茫々(くさぼうぼう)になっていた。髪結いの手にかかると、その前髪とこめかみを覆った草っ原がきれいにそろえられた。

「存外いい男ではないか」

顔を覗き込んだ倉前はそう茶化した。

「ほんと、いい男。江戸にいるヤサ男とはたくましさが違いますよ」

おもんはそういって和三郎の肩を叩いた。和三郎はまんざらでもない気持ちでにたにたした。少しは美男子の兄と似ているのかもしれないと思ったのである。

「にたりとしたな」

背後に回った倉前がいきなり耳元でそういったので、和三郎は飛び上がるほど驚いた。

「さ、倉前さんは変装の支度をして下さいな」

うむ、と頷いて倉前は隣の部屋に行った。どうやら沙那を観察するために、西本願寺前の茶屋まで行くというのは本気らしい。

芸州広島浅野家家中ではそろそろ国許から国家老が江戸に来るというのに、こんな馬鹿げたことをしていてよいのかと、和三郎はあきれる思いで倉前を見ていた。沙那と茶屋で会うといっていた逸見はすでにどこかに出かけたらしく、姿が見えない。

「古着ですけど、仕立てておきました」

おもんがそういって広げた風呂敷包から取り出したのは、江戸紬である。

「おお」

「せっかく久しぶりに許嫁に会うのですから、いくら修行人でも少しは身綺麗にしておかなくてはいけませんよ」

風呂上がりの体に新しい下着と着流しの着物は気持ちがよかった。新しい紬に袖を通したのはもう半年以上前のことである。

せっせと着物を着せ終えると、おもんは鍼灸師に化けた倉前と共に出かけて行った。お茶屋に行くというが、おもんと一緒に出かけるのが目的のように、どこかはしゃいでいる。それでいて照れくさいのか、倉前の苦虫を嚙み潰したような表情がおかしかった。

その後は、縁側に座り、庭越しに広がる葦の原を眺めて過ごした。空気が澄んでいるせいか、埋めたての河岸の向こうに、佃島に渡る舟が揺らいでいるのが望める。空の高い所を大きな輪を描いて、トンビが翼を広げて悠然と飛んでいる。

沙那に会うといっても、どのように状況を説明したらよいのか、どこまで話せばよいのか、和三郎はまだ判断がつきかねていた。

ただ、兄の仇討ちを果たしたら、助っ人である和三郎と一緒に国許に帰るつもりになっている沙那に、それは罠に違いない、と話さなくてはならないと思うと、神経が痛みで震えた。

要するに、沙那には国許で起こっているお家騒動など無関係なのであり、たとえ何が起きようが、扶持米四十俵にふさわしい婿を迎えることができればよいのである。

沙那にとって一番不幸なのは、和三郎と関わりを持つことなのだ。

苦痛を伴う思いを抱きながら、どこかほのぼのとした感じが湧き上がってくるのは、憧れていた娘に会えるという浮き足立った気持ちがあるからだろう。

そんな自分の思いを、和三郎は空にぼやける陽炎に映して、許嫁という言葉を噛みしめていた。

一時（約二時間）はあっという間に過ぎた。

廊下を静かに歩む気配が漂った。

そこに瞳の白い部分を銀色に輝かせた美しい娘が佇んでいた。

「沙那さん」

と胸の内で声をかけた。だが実際にそうする前に野太い声が暗い廊下の向こうからして、早足で歩んできた逸見弥平次が沙那を追い抜いて現れた。

「恋しい許嫁どのを連れてきたぞ。うまくいった。茶屋には倉前とおもんさんが大分前から来ていて、怪しい者が待ち伏せていないか探っておった」

「すまんことをしました」

和三郎は新しい着物を見せるつもりでふたりの正面を向いた。大川平兵衛から袈裟懸(けさが)けに斬られた肩の骨はまだ充分にくっついていないが、砕かれた感じは大分治ってきた。ただ、深く息をすると胸の中央から肺にかけてえぐられるような痛みが走った。

「いいのだ。倉前もおもんさんとは会いたがっておったのだ。だが、おもんさんには別の使命があってな、仲居として働いている料理屋をなかなか抜け出せんでいたのだ。おれが覗いたときはふたりで仲睦(なかむつ)まじくたわむれておったぞ」

逸見はいつも弾けた物言いをする。明るい男だった。江戸生まれの定府ではないが、江戸勤めが長いので江戸弁の言い回しの方が自然に喋れる。

そんな逸見にいつも和三郎は恩義を感じている。あの日、もし逸見が神社を通りかからなければ、和三郎の命は大川平兵衛によって完全に絶たれていたはずなのである。

「沙那さんの跡をつけてくる者もいなかった。吉井と塚本がちゃんと見張っておった。遠慮なく二人で話すがよいぞ」

逸見はそういうと、また暗い廊下の向こうに去って行った。

こちらへ、と和三郎はいっていつも寝ている小部屋を指し示した。沙那はためらわずに近づいてきた。和三郎はまず刺された太腿をなんとか曲げ伸ばしして勢いをつけた。踏ん張って立ち上がろうとしたが、太腿の刺し傷が治りきっておらず、それにも増して筋肉が弱っていたので、無様にも四つん這いになった。

「大丈夫？」

とっさに沙那が手を差し出してきた。細い指が肩に触れた。砕かれた方の右肩が熱くうずいた。

「いや、大丈夫ではない。あちこち傷を負っている。四、五箇所は刺されたり斬られたりした」

「まあ」

沙那は目を瞠った。綺麗な黒い瞳に人影が映った。自分の影だと気付くまで少し間ができた。

「本当ですの」

「残念ながら本当だ」

普通の侍ならここで大いに気張るところだろうが、そうしている余裕など和三郎にはなかった。危険な状況にあることを沙那にも知ってもらわなくてはならないのである。

「九死に一生を得た。こうして生きていられるのが不思議なほどだ」

「でもいったい何故？」

「それをこれから話す」

そういった和三郎は四つん這いから上体だけは起こしていたが、両膝は廊下についたままだった。自然犬のような格好になった。視線は上から見下ろす沙那を眺めあげている。口は半開きになっているのが自分でも分かった。

（これではアホじゃ）

武士らしい物言いをするにはふさわしくない姿勢だった。

「あれ以来全然ご連絡がないので心配しておりました」

あれ以来、というのは増上寺に行く手前の河岸に近い料理屋に、沙那を置いてきぼりにして以来という意味である。

和三郎は神妙に頷いてからいった。

「そうか。以前にも申したがもう屋敷ではうらの名は決して出さんでくれ」

「はい。それは申された通りにしております。でも、どういうこと?」

友達にでも話すような近しい口の利き方が嬉しかった。だが喜んでいるときではないと自らをいましめた。

「実は、うらには、みつ……」

そこに逸見が盆に茶と菓子を載せて気楽な顔つきでやってきた。うねが運んできてくれた方が気が楽だったのにと、和三郎は逸見を少々恨めしく思った。

逸見は和三郎の思いには無頓着だった。

「ついでに門跡名物の塩饅頭を買ってきてやったぞ。さ、廊下などにおると日焼けするぞ。それ以上日に焼けると岡殿は炭顔負けになる。沙那どのは日焼けしても美しかろう。ともあれ、中に入れ」

逸見が片手を伸ばして和三郎の脇の下に手を差し入れてくれた。沙那と違って逸見の力は強く、和三郎はわけなく小部屋に移ることができた。

「じつはうらには密命がある」

「密命……それはどういう意味でございますか」

逸見が消えたあとで、そう和三郎は切り出したが、沙那の質問は当然とはいえ、和三郎にとっては一番の難問だった。

「内密な命令ということかの」

沙那は首をかしげた。理解できない、というより、この人は何をいっているのかといった不思議な思いにふさがれている。

「といっても、うらごときが土屋家の浮沈にかかわる重大な命令を受けたわけではない。要するに、密命といわれてはいるが、あまり人には語るなという程度でな。藩命というほどのことでないし、その実情はうらにもよく分からんのじゃ」

江戸修行を命じられたことからして、理解しがたいことなのである。だが、和三郎にとっての密命はあのときから発令されている。江戸に発つ早朝に和三郎を襲う黒装束の刺客がいたということ自体、密命の内容が自分が思っていた以上に重大なことではないのか。

沙那は黙って、許婚と名指しされた男を眺めている。

そんな沙那の途方にくれた面持ちを見つめ返しながら、そもそもこの人はいったいどれだけ自分のことを知っているのかと和三郎は疑問だった。

それは和三郎にしても同じである。稽古の帰りに原口家を訪ねたときたった一度沙那を見かけただけなのだ。それも口をきいたこともなければ、市中でふたたび出会うこともなかった。

「うらのいっていることが分かるかの」

「分かりません」

沙那はおとなしそうな顔をしているが、そこだけははっきりと言い切った。なんだか怒ったような表情で、眼前で上体をさすっている男を見つめている。

「その密命というのは、どなたからいい渡されたものなのですか」

ぐさりときた。

「勘定奉行じゃ。といっても沙那さんは知らんじゃろうが」

「勘定奉行の森源太夫様ですか」

「知っておったのか。意外じゃな」

沙那はすぐには返事をしなかった。小さな唇が微妙に震えた。

「昨年叔父上から見合いの話がありました。お相手は勘定方に勤める安藤武四郎というお方でした」

「安藤武四郎とな。日置流印西派の弓術の名人じゃ」

沙那は静かに頷いた。目がきりりとしている。

「勘定吟味方といえば、うらと違って将来のあるお方だ」

「叔父上のお話では、縁談のことは、遠回しではあったようですが、勘定奉行の森様から勧められたお話だそうです」

「お」

勘定奉行が一介の勘定方の縁談など取り持つものなのかと妙に思った。

「わたしはお断り申し上げました」

沙那は毅然としていった。その冷ややかな表情の中に、当時は十五歳だった娘の強い意志が秘められている。そういえば、その頃は兄が生きていたのだから、沙那は婿をとる必要などなかった。

それにしても、勘定奉行が介在する縁談など、馬廻り役四十俵扶持の妹が簡単に断れるはずなどなかった。そうする女もいないはずだ。

「断った。……何故？」

「安藤武四郎様は乱暴なお方です。わたしはあのようなお方のところへ嫁入りする気など毛頭ありませんでした」

その理由を沙那は語ろうとはしなかった。あえて和三郎も尋ねなかった。代わりに思いがけない言葉が口をついて出た。

「うらならよいと申すのか」

「はい」

沙那の瞳が不意にやわらぎ、口元に恥じらうような笑みが浮いた。

和三郎は動揺した。

「し、しかし、沙那さんはうらのことなど何も知らないではないか。しかもうらは部屋住みだぞ」

あわてている和三郎を見つめて、十六歳の目を瞠るほど美しい女は、心からおかしいというように白い歯の先端を覗かせて笑った。

なんだ、と思った和三郎は、自分が呼吸困難で池の表面に出てきた鯉（こい）になった気がした。

沙那は今度は口に手をあてて笑いを圧（お）し殺している。

八

沙那は夕食の下準備があるといって帰って行った。結局、和三郎と過ごしたのは四半時（約三十分）ほどだった。

帰る前に、お茶屋の娘から預かったといって、和三郎の財布を差し出してきた。

「この金子はそなたに預けたものだ」

といったが、沙那は首を横に振って、預かれませんと厳しい口調でいった。

「わたしへの遺産のおつもりでしたら御無用に願います。和三郎様には生きていてもらわなくてはなりませぬ」

そういったきり、沙那は口を固くつぐんだ。あえてこの金子は何だとも聞かず、和三郎も説明をしなかった。

ただ、

「江戸にいると金がかかるはずだ。半金でも受け取って頂きたい」

と別れ際に強引に押し付けた。その押し問答の最中に逸見弥平次が様子を見るために顔を覗かせたので、沙那はあえて受け取りを拒否せずに、三十両ほど入った財布をしまった。

（結局、何も語れなかった）

腕枕をしながら、まだ明るい空を見つめた。団子を三つ串刺しにされて喜んでいるような、間の抜けた雲がほのぼのと南西の方角に流れていく。

ただ、密命の内容についてだけは、沙那に話すことができた。

「本所菊川町の屋敷におられる嫡子の直俊君を、陰ながらお護りするように申しつかった」

そのときだけ、沙那は目を瞠った。和三郎の口にしたことが余程思いがけなかったのだろう。

なぜ、直俊様を……とだけ呟くと、不安そうに和三郎の眉間のあたりに視線をあてた。

だが、それ以上のことは話さなかった。その理由は、先代の忠国様が、息子の国松君を次の領主に据えようと画策しているからだと説明しなければならなかったからだ。

だが、そう説明できるだけの根拠もはっきりと摑んでいるわけではなかった。お年寄りの田村半左衛門の言動から推察していただけである。

（うらはどうやら囮として江戸行きを命じられたものらしい）

といったところで、それらしい狼藉や刺客からの襲撃を受けはしたが、一体何の為の囮なのか、ということについては依然として見当がつかなかった。

仮に誰かを生かす為の囮だとすれば、その人物は、藩の重役たちにとってどんな重要な役目を与えられているのか、ということになるとさっぱり見当がつかないのである。

（それにあの元忍者らしい隠密は、何のためにうらまで襲ったのか）

藤枝宿で起こった一夜の出来事は深く脳裏に刻まれている。しかし、その背景にある陰謀については想像さえつかないのだから、説明のしようがない。

（そうなんや。うらが囮に使われたとしても、一体誰の囮なんや）

全ては最初の疑問に立ち戻ってしまい、そこから一歩も出ることはできないのである。そうなると、これまで和三郎が命がけで戦ってきたことは、全て徒労だったということになる。

ただ、ひとつ救いのあることは、どうやら江戸には、和三郎を陰ながら見守ってくれている者がいるらしいと分かったことである。

お茶屋「よしみ屋」で町人に扮した刺客から不意打ちを受けたとき、「よくやりなさった。あんたにはまだまだ生きていてもらわなくてはならん」と耳元で囁いた者が現れたことである。

とっさのことで事態がよく飲み込めなかった和三郎は、その男の顔をろくに観察することもできなかったが、「お年寄りの田村様から言いつかった」というようなことを聞いて、自分はやはりお家騒動の渦中にいるのかと思い知らされた。

医者を呼んでくれた上、治療費もその男が払っていったという。

だが、自分がどういう立場にあり、本当に囮として使われているのかという疑問は依然として立ち塞がったままだった。

それで、沙那にはそれ以上、詳しいことはいえなくなった。果たし合いをして傷を負ったということは、逸見から聞かされているはずの沙那も、その相手が誰かということも、なぜ果たし合いなどをしなければならなかったのか、ということについても、尋ねようとはしなかった。

ただ黙って静かに和三郎の次に話す言葉を待っていた。

江戸に向かったはずの兄耕治郎が、深手を負って組屋敷に秘密裏に担ぎ込まれてきたことで、兄の役目が道中で、何者かの謀略によって絶たれたことを知ったのである。

「直俊君を密(ひそ)かに護れ」

という密命を受けたと聞いたとき、沙那は和三郎こそが兄の仕事の跡をついだ者だ、と知ったはずである。

あえて言葉に出さないのは、沙那の賢さである。その密命が目の前にいる男の命を奪いかけたと理解したからに他ならない。

果たし合いの相手が、敵側の討手だと沙那は思い込んだのかもしれない。しかし、大川平兵衛とは偶然に西本願寺で出会ったものではないか、と和三郎は思っている。

それに茶屋で襲ってきた者どもとも、大川平兵衛は無関係なのではないか、と感じている。武道家の勘である。

(翌日果たし合いを約束した者が、前日に町人を装った討手を頼むはずがない。それにあの方の腕は自分より数段上だ)

だから、そんな姑息な手段を講じる必要などないのである。事実、和三郎は大川平兵衛の前に完膚なきまでに叩きのめされている。

それは、

(もう一度立ち合ってみても同じことだ)

と認めていることでもある。こちらが真剣を持ったのならば尚更のこと、ただの一刀で斬り伏せられることだろう。やはり大川平兵衛は果たし合いの相手が木刀を持って構えたことで、ある種の緩みができたに違いない。これも剣術遣いの勘である。

沙那に説明する代わりに、和三郎が尋ねたのは、下屋敷には何人の侍がいるかということである。

「取締り役の国分(こくぶ)様を含めて四人でございます。国分正興(まさおき)様はご老人でございます」

「侍が四人？　それだけか」

「はい。他に門番が二人交代で詰めております。下男が二人と中間(ちゅうげん)も一人おりますが、いずれも口入れ屋の斡旋(あっせん)だと聞いております」

「つまり、直俊君の身の周りにいる侍は三人だけしかおらんのか」

「はい。お使い番の国分様とは別に、小姓と供組、側組の合わせて三人でございます」

沙那は驚いた様子もなく返事をしたが、和三郎は仰天していた。わずか七歳の嫡子の周囲を護る者が、三人と老人一人だけだというのである。

沙那は台所方で働いているが、女も沙那を含めて四人だという。余程見限られた若様でもこんなひどい扱いは受けない。しかも直俊君は将軍家のお目見えを待つ嗣子なのである。

あきれてものも言えなかった。それでうんうんと唸っているうちに、沙那が屋敷に戻る時が来てしまったのである。

結局、果たし合いの相手の名も、果たし合いの前日に受けた、喧嘩に紛れた討手どものこともいわずに終わった。

沙那も、兄耕治郎を闇討ちにした相手の消息については一切尋ねなかった。

それで、仇討ちの相手、つまり実行犯である飯塚某を浜松ですでに撃ち斃してあることもいわずに終わった。その黒幕については推測の域を出ないが、その考えを沙那に披露せずに済んだことは、和三郎にとっては救いだった。

「動けるようになったらこちらから連絡する」

別れるとき、沙那に伝えたのはそれだけだった。このときも沙那はじっと和三郎の目を見据えて、黙って頷いた。蒸した暑い玄関でも、沙那の表情は気高く、涼し気だった。

九

沙那が永代橋を渡り出したときは、もう八ツ（午後三時頃）を過ぎていた。思いがけなく遅くなったのは、西本願寺門前のお茶屋「よしみ屋」で、女連れの髭面の侍から話しかけられたことと、送りにきた逸見弥平次が、沙那を待たせて家中の者と何事か話し込んで時間を取ってしまったからである。

髭面の男は岡和三郎とは大垣宿で出会って以来の仲だといった。

「なるほど逸見弥平次が申したとおりの美形であるな。江戸は越前野山のような田舎と違って、悪党が多い。町中を歩くときは気を許してはいかんぞ」

いかにも悪党ヅラの男がそう説教がましくいうのを、沙那は神妙に聞いていた。

永代橋を渡らずに北に向かえば、四半時（約三十分）もせずに土屋家の下屋敷に行けたはずである。だが、回り道をするだけの時間的余裕が沙那には持てなかった。屋敷には遅くても八ツ半（午後四時頃）には戻っていなくてはならない。

永代橋を渡って佐賀町の町家を急ぎ足で通り過ぎた。笠を被ってはいたが、町の者の中には、笠の下から沙那の顔を無遠慮に覗き込んでくる者がいる。町は喧騒に満ちていた。

油堀の川を渡ると、仙台堀、小名木川へと続く。大川沿いにさらに北へ向かい、竪川にかかる一ツ目橋を渡って本所菊川町の下屋敷に戻るのが沙那の通り道である。菊川町は荒井町に取り込まれた隅にある一角である。

だが、用心していたにもかかわらず、一ツ目橋を渡った先の元町で、職人崩れの男たちにからまれた。回向院にも近く、東両国のあたりから酒をしこたま飲んで流れてきたらしい男たちだった。

行く手を塞がれたが、なんとかすり抜けた。それでもすぐにまたからまれた。今度は腕を掴んでくる者がいて、背後に回りこんで抱きかかえようとする者もいた。

すぐ近くを、二本差しを腰に差した屋敷帰りの武家が、中間を従えてやってきたが、男たちの狼藉には目をつぶり、そ知らぬふりでそそくさと通り過ぎた。小柄な体には二本差しは重く、長すぎた。

沙那は男たちから囃し立てられる格好で空き地に追い込まれた。そこらは雑草が生い茂り、町中とはいっても奇妙に荒涼とした静けさに沈んでいる。沙那は胸に差した懐剣袋の紐をそっとはずした。

男たちは酒臭い息を吐き出して沙那を取り巻いた。旗本風情に雇われている女中は格好の憂さ晴らし、とばかり本性を剝き出しにして襲いかかってきた。

男どもは四人いた。

腕を取ってきた男をすかさず受け流すと、懐剣を抜いた。前にいる二人が身構えた。だが、その顔には下卑た笑いが浮かんでいる。そのうちの一人が大胆に両腕を広げて沙那を捕まえにきた。沙那の手にした懐剣が、男の頬を切り裂いたのはその瞬間のことである。

「ぐわっ」

喉を潰したような声が男の口から出た。乱杭歯（らんぐいば）で片目が潰れている男である。その男は顔を手で押さえて前かがみになった。沙那は反撃の手を止めず、男の腕を斜め下から斬り上げた。

びっくりした男のもう一方の片目が吊（つ）り上がった。沙那はその男が頭領だと気づいたので、男に対する攻撃の手をゆるめなかったのである。

「こ、この小娘が！」

男は憎々しげに叫んだが、腕から血が流れ出しているのに目を止めて、今度は悲鳴をあげて腰を落とした。

「こいつ、犯してやる」

背後に回った者が怒声をあげて突っ込んできた。気配を感じた沙那は体を反転させると、切っ先で男の首を斬った。

（この狼藉者たちを生かしておいてはならない）

そう憤っていたのである。沙那は女を乱暴に扱う男たちを軽蔑していた。酔った上で狼藉を働く男は、それ以上に許すことができなかった。

沙那は兄に命じられて六つのときから剣術を習わされた。藩の流派としては一刀流の傍系にあたる関口(せきぐち)流で、そこでは小刀と槍(やり)を教わった。兄が師範代を務める武田派一刀流の道場を、町人に混じって武者窓から見つめていたのも、習っている小刀術が、二尺三寸の真剣に対して、どれほどの効果をもたらすのか確認するためである。

今年の御前試合では、大将として武田派一刀流の最後に控える兄の試合を見るつもりで、他の藩士に混じってこっそりと、張り巡らされた天幕の隙間から観察した。そこで目を瞠らされたのは、相手方大川道場の陣営の内、六人の者を次々と打ち倒す背の高い若い剣士の姿である。七人目は大将同士の試合と取り決めがあったので、その若い剣士は最後の試合は大将であった兄に譲って、自分は席に戻った。

面をはずした顔には多少の汗が浮き出ていたが、その浅黒い肌は奇妙に涼やかで、雪を被った屏風山(びょうぶさん)に似合っていた。そのときから岡和三郎という名の剣士の立ち姿が沙那の胸に宿った。

いま、沙那の小太刀の腕前に目を剥いた男たちは、裾をからげて逃げ出した。

これで、これまで被害を受けた女たちの恨みを、少しは晴らせたかもしれないと沙那は思った。

懐剣をしまうと、そっと原っぱを出て、無駄に過ごしてしまった時を惜しみながら、屋敷に向かって足を急がせた。

第三章　陰　謀

一

「わずかひと月でここまで元気になるとは驚きですな。さすが若い方は回復が早い」

医者の石井峯庵は肩の骨を調べながらそう感心した。傍で倉前が大きく頷いた。

「そうであろう。この者は鍛え方が違う。今時の若者には珍しく剣に打ち込んでおる。江戸には武者修行に来たのじゃからな」

「ほう。それは頼もしいお味方が江戸に来られましたな。やっとうが使える芸州浅野家家臣は江戸では少ないですからな。このお方ならあとひと月もすれば肩の骨もつくでしょう。普通の人なら半年ほど寝込むところですよ」

石井峯庵は和三郎を芸州浅野家家臣だと思い込んでいるようだった。和三郎はあえて否定はしなかったが、倉前が違う違うといって大きく腕を振った。

「岡殿は我が浅野家の家臣ではないんじゃ。まあ、よんどころない事情があってここで養生しておるんじゃよ。じゃが、我が浅野家の存亡の危機を救ってくれた御仁でもある。儂などは個人的に岡殿には随分世話になってな、それで築地では一番の名医といわれる峯庵さんに頼んだのじゃ」

倉前さんの物言いは少し大げさだと思いながら、ここで半死半生だった傷の手当を受けてから、すでにひと月が経つのかと和三郎は感慨もひとしおだった。沙那と再会ができたのも、逸見を始めとする芸州浅野家の人たちのおかげなのである。

医者が帰っていくと、薄暗くなって芸州浅野家の家臣たちが三々五々集まりだした。この家に住むのは倉前、逸見の他、吉井、塚本という独り者の家来だけのようだと和三郎にも分かってきた。吉井は若いが、塚本はそれなりの役職を得ている中年の男である。弁もたつ。

国許にいる改革派の重鎮、辻維岳という人の弟、岸九兵衛は桜田の上屋敷内の組屋敷に住んでいるらしく、この家には数回しか来たことがない。

しかし、夜半など酒を飲みながら倉前らと話をしている内容を聞いていると、どうやら岸は江戸にいる家老のひとりである浅野豊後と近しい間にあるらしく、国許の動きや、和三郎が防具袋に入れてたまたま運んできた辻維岳の書いた密書なども、岸が浅野豊後に渡しているのが分かってきた。

だが、岸が改革派であることはまだ執政派には見破られていないが、倉前や逸見ら反主流派が江戸に潜入していることは、権力側にも知られている様子なのである。

執政勢力である今中大学らの横暴と賄賂政治を、浅野家の当主に訴えようと画策している改革派は、江戸ではその存在を隠して動き回っているようなのである。いわば船松町にあるこの家は、反主流派の隠れ家なのである。それも蔵屋敷から近いところに拠点を設けたところに、倉前ら改革派の大胆さとその心意気が覗かれるというものである。

「だが、今中の派閥は強い。江戸でも家老、お年寄りの半数は今中派であるし、残りの四人の内二人は敵方ではないが、呆けておる。浅野豊後殿が何をいっても反応が鈍いそうじゃ」

そう話している声が襖の向こうから聞こえて来る。今夜の集まりは格別なものがあるらしく、江戸定府の役付きの家臣も含めて八人ほどいる。その話の中心人物は岸九兵衛と倉前秀之進である。

「ということは浅野豊後殿は孤立無援というわけか」

「いや、上田主水殿もこちらの味方じゃ。それに近習頭の黒田図書殿も頑張っておられる。だが、今中大学が江戸入りしてからは、黒田殿を差し置いて今中は殿にべったりなのだ。他の寄り合い連中も、今中が来てからは権勢におもねるように擦り寄っておる」

「しかしじゃ、お上にも目を開いていただかなくては、浅野家は遠からず立ち行かなくなるのじゃ。なんとしてもそれだけは分かってもらわなくてはのう」

そういったのは倉前である。

「辻殿の密書には、浅野家の借財が莫大な数字になっておると書かれてあったのではないか」

逸見はいつになく慎重な物言いである。

岸が頷いたようだ。

誰かが酒を頼んだ。台所から取ってきますと応えたのは、この家に住む吉井という若い者だ。他の家臣の吉井に対する接し方は少し見下したもので、それは同志であっても身分は足軽のせいだろう。

「商人からの借財を全部合わせれば三十七万両になる」

「十八万両ではなかったのか」

「それは鴻池だけの借財だ。それも当時の年寄り上座にあった関蔵人が、大坂商人との取引を破って、蔵元を替えたり契約を一方的に打ち切った。勿論借金を破棄するためだ。それで倒産した蔵元もいる。爾来、大坂からは借金ができなくなった。それで殖産を合言葉に今中が広島の豪商に製造専売を与え、独占させて儲けさせた。そこまではいい、しかしその賄賂として今中には二万両が入った。小倉織の相沢商店、木綿の竹原屋などが御用商人だ。扱苧の扱苧方の買い占めでは、太田川沿いの村々に一揆を起こさせる原因もつくった。みな今中の実権によるものだ」

　唸り声がした。その中から倉前のひときわ大声が響いてきた。

「挙げ句の果てに藩札の乱発じゃ。改印札と呼んでおったが、六年前の弘化四年（一八四七年）には四十分の一の平価切下げになった」

「いや、倉前待て。その後の下落を知っておるのか」

　逸見が待てをかけると、勿論じゃと倉前は応えた。そのとき酒が来たようで、一同は酒をそれぞれ茶碗に入れて飲んでいるようであった。

「ついに昨年は五百分の一になった。改印札は五百分の一の平価切下げという意味だ。国許では旧札との引き換えに応じない者も出てきたので、今中ら重役は強引に旧札の通用を禁止したのだ。いっときはそれで藩財政も立ち直ったように見えたが、そのような見え透いた小細工など長続きするものではない。当然、凶暴な物価高に襲われて、家中の家来や庶民の憤激は激しくなった。下城の途中で闇討ちに遭う重役も出てきた」

「大田原源治(おおたわらげんじ)じゃな。あれは悪いやつだ。勘定吟味役でありながら、今中らの賄賂政治に目をつむり、ついには己も加担し役得に与(あずか)った。息子は大馬鹿者で、村の女子(おなご)を手籠めにして胎(はら)ました。それでも素知らぬフリじゃ」

芸州訛(なま)りのある者がいうと、次に江戸定府らしい侍があとを継いだ。

「息子の大田原斎助(さいすけ)は親に輪をかけて悪かった。あいつは昨年殿について江戸に来たが、ここでも同じことをした。広島の面汚(つらよご)しじゃ」

「あやつはまだ江戸の屋敷におる。家督の千百石も受け継いだ。さらに役料として二百石増しじゃ。実際には四十俵の値打ちもないやつじゃ。この不公平な藩政が家来を憤慨させておる。先祖代々千百石もタダ飯を食ってきた大田原家のような家が続く限り、藩政は堕落する。つまりじゃ、黒船来航は我らの改革を後押しする好機なのじゃ。領内ばかりか江戸屋敷でも狼狽(ろうばい)する輩(やから)がおる。いつの世でも改革は混乱期に行われる。今をおいて今中らの横暴をとめる機会はない」

これはこの家にいる塚本の声だった。もう四十間近なのだろうが、どうして所帯を持たないのか分からない。しかしながら、なかなか賢明な侍である、と和三郎は聞きながら感心した。関ヶ原で敵の大将首をひとつあげただけで、芸州浅野家から千百石の知行を賜り、それが当主だけでなく、末代にまで永遠に続くのである。

たとえ悪事を働いた者が出たところで、その者が執政側の派閥に入っていれば、なんとはなしにうやむやになってしまう。

権力の上にあぐらをかいて、何の仕事もしない家老を始めとした寄り合い衆を半減しない限り、どんな大藩でもこの先長続きはしない。滅亡は目に見えているのである。

「江戸では反主流派の動向をしきりに探っておると聞くぞ」

低いがよく声の通る男だった。

「うむ、下っ端を雇って我らを探しておるようだ。蔵屋敷にも顔を出したらしい。大田原斎助が動き回っている。しかし女どもはみな大田原を嫌っておるので、やつに告げ口をする者などおりゃせんわ」

倉前のご機嫌な声が響いた。

「しかし、用心せねばならんぞ。倉前、おぬしなどは特にそうだ。もう面が割れておる。先日襲ってきたのも大田原に雇われた者どもではないのか」

「なに、あれはおもんに手を出そうとした粗忽者（そこつもの）がおったので、儂の方から灸（きゆう）をすえたまでじゃ。浅野家の家来ではないわ」

倉前さんが襲われたのか、と和三郎は呟（つぶや）いた。大垣でも倉前さんは数名の者に襲われて命を落とすところだった。

「しかし、おもん殿には用心してもらわなくては困る。歌比丘尼（うたびくに）の頃とは化粧も着物も違うとはいっても、何かの拍子に露見せぬとも限らぬ。重要な情報をもたらしてくれる女子だからな、倉前殿もあまり顔を合わせないようにしてくれなくては」

「岸よ、それは充分心得ておる。心配するな」

それからも江戸にいる浅野家家臣を、同志に引き入れる方策をそれぞれが提案していた。

寝ている和三郎は胸がいらついて仕方がなかった。これだけ養生する機会を与えられているというのに、自分は倉前ら少数の改革派に何一つ協力できないでいるのである。

（それらしい怪しい者がこの家を探っているのを見つけたら、容赦なく成敗しなくてはならんな。いたずらに見過ごしたら、倉前さんたちの身に危険が迫る）

それに、今中大学という権力をほしいままにしている重役連中らも、尻に火がついてきたのが分かっているのか相当焦っている様子なのである。

（そろそろ体を動かすこともして、恩義に応えなくてはならない）

自分もそう安閑としていられる状況ではなかったが、いまのままでは直俊君の周囲を探ることさえままならない、とそこばかりは、和三郎はどういうわけか焦らずに、体の回復を待つばかりでいる。

孤立無援の直俊君をただひとりで護るには、自分の剣術ではお粗末すぎると知っていたし、今、自分が敵側の討手の前にしゃしゃり出ていくより、そっと身を隠している方が、直俊君にはより安全なのではないか、という思考も芽生えている。

幸い、大川平兵衛は和三郎は死んだと思っているようなのだ。

（今は肩の骨が固まることと、胸の傷が回復するのをじっと待つべきだ）

それより、自分は誰の身代わりで囮になったのか、とそっちの方に気をとられていた。

二

釣りに出たのは、それから八日たった明け六ツ半（午前六時頃）のことだった。すでに八月に入って数日が過ぎ、季節は秋になっていた。吹く風に鋭さが混じることがあった。

海釣りなど初めてのことなので、和三郎は竿から糸のつけ方、餌のオキアミのことまで全て仙蔵にまかせた。仙蔵はうねの兄で、普段は佃島にある漁師町に親と共に住んでいるという。

葦の生える河岸にひっそりと作られた桟橋から小舟を漕ぎ出し、あっという間に江戸湾を望める流れの強い海域に入った。

小舟の速さに肝を潰し、江戸湾の波のうねりを目の当たりにすると、転覆するのではないかとアタフタした。

「おい、もそっと波の静かなところに行ってくれ」

そう頼むと、仙蔵は妙な顔をして、艪を返して舳先の向きを変えた。

「これほど凪いでいる日は珍しいだ。これから嵐が来るというのによ」

「嵐が来るのか？　こんないい天気なのにか」

空は海面をそのまま映したような青く澄んだ美しさを留めている。

「頭がそういってただ。そんで今朝は大島に漁に行くのをやめて、近海ものだけにして村に戻っただよ」

仙蔵は日焼けして黒光りしている頬を、和三郎がいま住んでいる家のある船松町の方に向けた。町の向こうには細川若狭守や中川修理大夫の屋敷の屋根が望める。少し西の方に目を転ずると、西本願寺の大屋根が黒光りして秋の空に聳えている。

さらに空の果てが地上と接するところには、富士の山がその頭上を白くした姿を悠然と現している。

「こんな秋晴れの日に嵐が来るというのか」

「んだ。夕方には南西の強い風が吹くと頭がいっていただ。あの雲がでっかくなって、黒い雲の軍団を運んでくるだ。もう佃島の魚船は陸にあげて、波に流されないようにしてあるだ」

丸い雲が東の海上にぽつんと浮いている。あの大福餅のようなかわいい雲が恐ろしい嵐を引き連れてくるのか、と山育ちの和三郎には信じられない思いだった。

「このあたりで竿を下ろしな」

そういわれて釣り糸を垂れた。仙蔵が竹籠の中から細かい餌を出して、手で掴(つか)み出すとあたりに撒(ま)きだした。魚影が動き出したが、それは仙蔵が撒いた細かい餌を狙って寄ってきた小魚だった。

そいつらが団体でうるさく糸にまとわりつく。

おい、餌を撒くのはやめろといおうとしたとき、和三郎の手に強いあたりがきた。あわてて竿を引き上げると、針だけが空を舞って戻って来た。傷を受けた右肩が痛んだ。

「ははは」

と仙蔵は愉快そうに笑った。だがどうしろとは助言をしない。和三郎は心を落ち着けるように己をいましめた。道場の稽古でも、構えた相手に対して、何か気焦りして突っかかることがある。そういうときは必ず小手か抜き面の餌食になる。そんなことは初心者のやることだった。

餌を付け替えると、静かに川面(かわも)に放り投げた。このあたりは、江戸湾から流れ込んできた潮が大川とぶつかり合うところである。魚は豊富なはずだった。

生暖かい潮風が和三郎のこめかみをうった。左腕で竿を支えて待っていると、強いあたりがきた。一度我慢して、釣り針を流れのままに泳がせた。

次にきたあたりに合わせて竿をそっと引き上げた。一尺足らずだったが、威勢のいい魚が餌に食いついて空中を踊った。

手元に魚がきたが、釣り針の外し方が分からず、ぬめった胴体を摑んで往生していると、仙蔵が来て、簡単に釣り針をはずしてくれた。

「くろぶとじゃ」

「なるほど、これが釣りか。朝飯のおかずにしては贅沢（ぜいたく）過ぎるな」

領民に豊かな飯を食わせるには、海を持たなくては駄目だと思った。

「鰤（ぶり）、さよりも釣れる。やってみっか」

「いや、くろぶとでいい」

瞬く間に四匹のくろぶとを釣り上げた。魚市場ではメジナという名で売られるらしい。

マアジもかかった。そいつはたまたま仲間からはぐれたやつだと仙蔵はいった。マアジは群れをなして動くらしい。そのマアジの群れを見つけ出すのが頭の役目だという。

「今朝はもっと沖に出てマアジを捕った」

仙蔵はそれだけいうと小舟の舳先を舩松町の方に向けた。仙蔵のいう今朝とはまだ暗い八ツ頃のことである。漁のあと一旦佃島に戻って眠ったという。一日を三日分生きる男だった。

仙蔵の妹のうねが家の裏に出てきて洗濯物を干しだした。

仙蔵は妹に向けて唇を突き出し、指を唇にあててピュッと吹いた。乾いた音が風に突き当たって、思った以上に澄んだ音にはならなかったようだ。

もう一度口笛を試みようとした仙蔵を、待て、と和三郎は制した。

倉前たちの隠れ家は、だだっ広い草っ原に囲まれて建っており、町家の長屋と違って河岸に建った一軒家の様相を呈している。河岸は葦が生い茂っている。埋め立て地の悲しさで、家はひとたび大雨が降れば、江戸湾まで流されてしまいそうな心細さでようやく建っている。

その葦に見え隠れしている男たちの姿が垣間見えた。およそ、五、六人はいる。

人足の格好をしてちょろちょろしている者が二人いたが、別の場所には笠で顔を隠した武士が、ケツを後ろに引いて何やら家の様子を探っている。

（あれは浅野家の家来だな。どうやら隠れ家をつきとめられたようだ）

和三郎は侍たちのぎこちなく周囲を探る様子を、舟の上から眺めていた。

人足二人の姿は今は和三郎のいるところから見えなくなっている。

「仙蔵」

「へ」

「今日は嵐に備えて、これから佃島の村に戻るんだったな」

「へい」

「妹のいる家のあたりを嗅ぎ回っている、ゴキブリみたいな連中が見えるか」

「よく見えるだ」

「あいつらは盗賊だ」

仙蔵はぎょっとした。仙蔵は手ぬぐいで頬被(ほっかむ)りをした上に、漁がしやすいように尖(とが)った笠を被(かぶ)っている。その中に覗いている目玉が赤く回転した。

「舟を桟橋にそっとつけたら、やつらの跡をつけてくれ。盗賊どもには指揮をする頭目がいるはずだ。まずそいつをつけてくれ」

「へ」

和三郎は懐から銀の小粒を取り出した。合わせれば二朱（八分の一両）にはなるはずだった。

「これは礼金だ。頼むぞ」

「へ」

仙蔵程度の漁師が受け取る日当は百文から百五十文くらいのはずである。和三郎が与えた八百文余りは日傭取りとしてはいい稼ぎだった。

家の中から倉前らしい男が現れて、浴衣の裾をまくって褌をはずすと、川に向かって小用をしだした。すると張り込みをしていた侍たちは、アホらし、といった様子で体をあらぬほうに向けた。ずっと生真面目に家を見張っているのが馬鹿らしくなったのだろう。倉前が腰を振るのを見届けてから、そそくさと姿を消していった。異様な風体の男たちが、河岸の町の中をうろついていればさすがに目立つ。みな、小路をとって戻っていったようだ。

それを待って仙蔵は頭目とおぼしき侍の跡をつけていった。和三郎は家に戻り、収穫した魚をうねに差し出すと、何食わぬ顔で朝飯を待った。たらふくうまい飯を食ったら、傷の回復のためにまた眠るつもりでいる。

江戸に入った日に、町人を装った討手五人に刺された背中の傷や脇の傷は、傷口は残っているものの痛みはほとんどなくなっている。だが、大川平兵衛に打たれた肩の傷と胸に開いた穴はまだ当分癒えそうになかった。

仙蔵が戻ってきたのはそれから一時半（約三時間）ほど後だった。家にいる男は和三郎だけで、逸見を始め、みなそれぞれが勤める屋敷に出向いたらしい。倉前だけは別行動を取っていた。それが何を意味するものなのか、和三郎は聞かずにいたし、倉前たちもあえて説明しなかった。

和三郎は横になって右肩を撫(な)でていた。そして秋空を見上げて、これでも嵐がくるのかと、漁師の不思議な勘と経験に思いを巡らせていたところだった。

仙蔵は片袖の半纏(はんてん)から、筋肉の張った二の腕を覗かせている。

「つけていったら桜田にあるどでかい屋敷に入ったよ。そのあたりにいた漁師に聞いたら、安芸守という殿様がいる屋敷だということだったよ。そのあと、ついでなので他の侍をつけてみたんだ。三人とも赤坂にある屋敷に入ったよ。そこは芸州の屋敷だっただ」

「どちらも安芸、つまり芸州浅野家だ。広島だ。やはりそうだったのか」

起き上がって腕を組んで秋の日差しに満ちた庭を眺めた。ふと、気がついたことがあった。

「侍が四人、広島藩の屋敷に入ったのは分かった。だが、もう二人ばかり人足の格好をしたのがいたはずだが」

「へ、そうなんですが、そいつらは四人の侍より先にいなくなっていましたよ」

「いなくなっていた……いついなくなったのかな」

うねが裏庭に出て作業をしていたときには、確かに人足が二人いたはずである。いつの間にかその姿がなくなっていたことにも和三郎は気づいていたが、そのあとのことまでは考えが及ばなかった。

「いついなくなったのかは分かんねーだよ。桟橋に戻ったときにはもう姿はなくなっていたからな。だが、あいつらは、今朝六ッ（午前五時頃）、おらが桟橋で旦那を乗せる舟の用意をしているときには、もうあのあたりにいただよ」

「それはどういうことだ」

「多分、あいつらとは別にこの家を見張っていたんじゃねえかな」

「別口ということか。それは偶然にふた組の探索隊が重なったということか」

仙蔵は首を傾げていたが、次に呟いた言葉は、和三郎の胸をチリチリと痛めるものだった。

「あの人足どもは、侍とは別の目的があって、旦那らの家を見張っていたんじゃねーかね。だってなあ、あいつらは侍ではなくてそこいらにいる人足だよ。明石橋の河岸で荷を運んでいる連中だ」

最初に家に戻ってきたのは塚本という江戸定府の武士だった。昼餉を取りに一旦帰ってきたものらしい。和三郎は今朝舟で釣りをしているときに見た光景を説明した。

「この家を探索していたのは芸州浅野家の侍でした」

「うむ。それで漁師が跡をつけたといっていたな」

「うねの兄の仙蔵です。桜田の上屋敷に入ったのは四人の中で一番上役のようです。この侍はきゅうりのように真ん中がへこんで、顎が尖っていたそうです。嫌な顔ですな」

「大田原斎助だ。今中大学の懐に入り込んで、うまく取り入っているやつだ」

塚本は大田原を相当憎んでいるとみえて、顎にある窪みに皺を立てて憤慨した。

「残った三人は赤坂の屋敷に入ったそうです」

「どんな人相か聞いておるか」

「聞いてますよ。二人は五尺三寸（約一六一センチメートル）ほどで特徴はなかったそうですが、一人はフグのように間の抜けた面構えだったそうです。おーい仙蔵、そうだな」

「へえ、顎の丸まったぼうっとした侍だったよ。夜ならそのまま火を灯(とも)せばフグ提灯(ちょうちん)になるだ」

台所仕事をしている妹の代わりに、裏庭で野菜畑に肥やしをやっていた仙蔵が答えた。

「渕上左馬助(ふちがみさまのすけ)だ。確かにぼうっとしておる。しかし、あやつに探索方の真似事(まねごと)など務まるのか。さて、どうしたものか。なんとか捕まえて、ここを探っていた理由を白状させたいものだが……」

塚本は腕を組んで考えた。時折和三郎に目を向けたが、和三郎の体が万全ではないと知って、言いかけた言葉を飲み込んだ。そこへ足軽の吉井が顔を覗かせた。

「丁度いいところへ帰ってきた。これから中屋敷にいる渕上左馬助を捕らえに参る。おぬしも一緒に来てくれ」

吉井は艶のある元気そうな顔つきの男だが、いきなりそういわれて眉を曇らせた。

「赤坂まで出向いて渕上さんを捕らえるのですか。しかしこんな真昼間からどうやって捕らえるのです?」

吉井の口ぶりでは、渕上という侍は見かけとは違ってやっとうができる男らしい。

「その人は相当これが立つのですか」

和三郎は剣を振り下ろすそぶりをした。

「相当立つ」

しかめっ面をして塚本が渋々といった。この人は弁は立つが剣術の方はあまり得意ではないらしいと和三郎は悟った。それで差し出がましくない調子で助言をした。

「それならこちらからわざわざ赤坂まで出向かずに、その渕上という人を呼び出したらどうですか」

「どこにじゃ」

「鉄砲洲の浪よけ稲荷なんかどうですか」

「そうか、こちらはどこかに潜んでいて、来たところを後ろからぶっ叩けばいいわけだ」

塚本は朗らかな顔になっている。

「で、どうやって呼び出すのじゃ」

吉井が手を打った。

「女が待っているといえばどうですか。『鈴鉢』の辰次姉さんの名を出せば涎を垂らして来ますよ。あの人はむっつり助兵衛ですからね」

吉井は小柄な体を丸めて塚本を卑しい目つきで覗き込んだ。塚本はあから様に分厚い唇を尖らせた。

「真昼間から逢い引きに応じるやつがおると思うか」

それなら、と和三郎は合いの手を入れた。

「上役の名を騙ったらどうですか。たとえば大田原さんが至急来いといっていると呼び出しをかければ、そのむっつりさんは慌てて飛んでくるんじゃないんですか」

「うん、それはいい。おい、仙蔵と申したな、おぬし赤坂まで行ってくれるか」

塚本がそう声をかけると、仙蔵は、

「おらは夕方までに家に戻らなくちゃなんねえ」

とあから様にいやな顔をした。ここでも和三郎の出番だった。巾着を取り出すと仙蔵の目が光った。傷を負った居候の身でできるのはこれくらいしかないと自嘲していた。

余程急いで来たらしく、赤坂の芸州浅野家中屋敷にいた渕上左馬助が、鉄砲洲の浪よけ稲荷に息急き切ってやってきたのは、まだ日の高いうちだった。稲荷に参詣するのは漁師の親か親族が多いらしく、熱心に手を合わせる老婆や嫁の姿が目に付いた。

和三郎は大川平兵衛から受けた一撃を思い出しながら、雑草の茂る草っ原に佇んでいた。渕上が稲荷に来たときも同じところに腰を下ろして、次から次へとやってくる参詣者をぼんやり眺めていた。稲荷の傍には小石を積み上げて富士山をかたどった鉄砲洲富士なるものもあって、その前で念仏を唱える漁師もいた。

渕上は稲荷を祀る祠の前でうろうろしていたが、やがて裏に回って人気のない稲荷堂の前にきて周囲を用心深く見回した。

最初に足軽の吉井が背後に回って木刀をかかげた。勢いよく踏み込んだが、力が余りすぎたのか、木刀の切っ先は地面をとらえた。そこで渕上が振り向いた。

「おまえは！」

と叫んだが吉井の名前までは思い出せなかったらしい。丸まった顎を大きく上に振って、なんじゃなんじゃ、とわめいた。

次に塚本がすり足で背後に回り、これも木刀を振りかぶったが切っ先がなかなか下りてこない。

後ろの気配がおかしいことに気づいた渕上が振り向き様、

「塚本！」

と大声で名を叫んだ。その気迫に負けまいとしたのか、塚本は急に顔を強張らせて、

「貴様、大田原の家来になったのか。やつらはおぬしを謀っておるのじゃ」

と大声で怒鳴った。そうしながら、上段に掲げた木刀を振り下ろせずにいる。

「なんだ」

渕上はそういうと、鞘ごと抜いた刀を塚本の腹にぶち込んだ。塚本は呻いてしゃがみこんだ。すかさず渕上は吉井の腹にも重い一撃を加えた。吉井は起き上がって反撃しようとしたが、頭上に落ちてきた刀を避けきれず、まともに面打ちを受けて昏倒した。

その間にも和三郎はノロノロと三人の戦いの場に進み出ていた。この半月近く、毎日左腕で木刀を摑んでの素振りだけは精を出していたが、間延びした顔の割に、鋭い太刀捌きを見せる渕上の剣を受けて立つ自信はなかった。

渕上は着流し姿の和三郎を敵側の人間だと一目で見破った。

近づいてくる和三郎を迎え撃つ体勢に隙はなかった。だが和三郎にしてみれば、決闘をするつもりで挑んでいるのではなかった。ただ、行き掛かり上、渕上左馬助に向かって歩いているだけなのである。

「渕上左馬助殿ですか」

五間（約九メートル）ほどまでに間合いが狭まった。和三郎は仕方なしにそう口に出した。

「今朝、この人たちの家を見張っていましたね」

「何じゃ貴様は」

「岡和三郎です」

「岡？」

渕上はヘンな顔をした。

「どこの岡じゃ」

「旦那の名は申せません。私はあの家に居候をしていましてね、んで、あんたは何故あそこを探っていたのか気になったんです」

渕上の顎がフグのように丸くなった。その顎はそのまま提灯になったように火照った。なるほど仙蔵のいう通りの面構えだと和三郎は思った。

「居候になど何も申すことはない」

渕上は剣を腰に戻した。それから上体を沈め、いつでも攻撃を受けられる体勢をとった。和三郎は木刀を左腰に差したままでいる。渕上が剣を腰に戻したのは、居合いで一刀のもとに相手を斬るつもりでいるからだ。自信に溢(あふ)れた目つきでいる。

和三郎は一気に走った。

渕上は剣を腰に溜(た)めて、相手が木刀を抜くのを待った。だが和三郎は腕を動かさずに、頭だけを渕上の前に置いた。抜き打ちをかけると見せかけて、体は渕上の待つ居合いの間合いを避けていたのである。

だが、相手が間合いに入ったとみた渕上の鍔元(つばもと)が鳴り、刀が一閃(いっせん)した。

その切っ先をわずか爪の先ほどの間合いで見切った和三郎は、左腕で腰に差した木刀を抜いた。右手には持ち替えずに、左手をそのまま斜め下から上に振った。すると、木刀の切っ先が渕上の顎を下からすくい上げた。重い手応えが切っ先に残った。

大木が倒れたような鈍い音がした。丸くなった渕上の倒れている姿が真下にあった。口から泡を吹いている。

和三郎は木刀を下げたまま、渕上の姿を眺めていた。ビードロのような丸く大きな汗が和三郎の首筋を流れた。

（ここに死んでいたのはうらの方じゃ）

初めて遣った逆斬りがうまくいったのは、運がよかったからだ。

そう思った。

人々の囁(ささや)く声が大きな反響となって耳に入ってきた。和三郎はまず塚本にカツを入れた。それから気絶している吉井を見下ろして、これは使いものにならんと悟った。そこで仕方なく渕上の刀の下緒(さげお)を使って渕上を縛った。

その間にも周囲を遠巻きにしている参詣者が増えてきた。その中に仙蔵の姿を認めたときは、ほっとすると同時に、また巾着の中にある粒銀の世話になるしかあるまいと諦めた。

四

家に戻ると、折良く倉前と逸見が戻ってきていた。二人とも夜には別の場所で改革派の者との会合があるらしかったが、今朝方、大田原斎助ら四人の浅野家家臣に家を見張られていたことを知って、さすがに顔をしかめた。

「そうか、意外と早くここを突き止められたな」

それでも倉前はどっしりと構えていた。物事に動じない風格が表れている。

「しかし、大田原は今中大学の指示で動いていたはずだ。今中が江戸屋敷に入った今、やつらも江戸での反撃に出てきたともいえる。もう、悠長なことはしておられんぞ」

逸見は顔色を変えて倉前を睨(にら)みつけた。

「そうじゃの。それにしても岡殿には随分世話になった。塚本らだけでは渕上は捕らえられんかったであろうな」

倉前は同僚二人に視線を移していった。塚本も吉井も額に傷を負っている。誰が見ても失神していたのは明らかだった。

だが、その件には触れずに和三郎は少しばかり出かけるところがある、といって腰を上げた。この家を探っていたのは浅野家の侍ばかりではないのである。だがその二人の人足のことについても和三郎は口にしなかった。

土間には縄でぐるぐる巻きにされて転がされている、渕上左馬助のまん丸の図(ず)体(うたい)がある。これから逸見の厳しい尋問が始められるのだろう。

「岡殿、おぬし、その体でこいつをやっつけたのか」

逸見が首を回して、出口に向かう和三郎の背中に向けて声をかけてきた。

「そうですが、うまくいったのはたまたまです。本当は危ないところでした」

「さもあらん。こいつは貫心(かんしん)流居合いの達人なんだ。おれでも手を焼く。それを怪我人(けがにん)のおぬしが木刀でやっつけるとは、いや、恐れ入った」

和三郎は礼をして家を出た。渕上の件に関しては和三郎は部外者なのである。ただ、これで少しばかり恩義を返せたかなと思った。

次に処理する問題は、別組と思われる二人の人足のことである。佃島に戻るという仙蔵をなんとか思いとどまらせると、仙蔵を道案内役にして明石橋の河岸に建ち並んでいる裏長屋をみて回った。

明石橋河岸には小舟が何艘(そう)もつながれている。ここでも嵐が来ると予想しているのだろう。夕方の淡い光が川面を照らし、舟の影がしんみりと、深みのある青の中に溶け込んでいく。

船頭らの暮らす長屋の門をくぐって、新しく雇われた人足はいないかと仙蔵に聞いてもらうことにした。

「聞くことは聞くけど、追い返(けえ)されるかもしんねえな。まず、おかみさんに銭を渡すことだね」

なるほどと思った。

そこではもう飯時である。

「新しいやつなんか毎日入ってくるさ」

裸になって飯を食っている男がそういった。向かいに弟分らしい若い者がいて、この男は蛸(たこ)のような面構えをしているので、覗き込んでいた和三郎はなんだかおかしくなった。

長屋の近くではまだはしゃぎ回っている子供たちがいる。和三郎は仙蔵にいわれた通り、長屋を預かるおかみさんに何文か渡していた。それで船頭の愛想もよかった。

船頭によれば、川人足もいれば、蔵屋敷に船から国の産物が詰まった荷を運ぶ者も色々雑多にいるという。

「だがよ、ここに入ってくるのはみんな口入れ屋を通してくる者ばかりだから、怪しいのはいねえよ」

「無宿もんなんかはいるかもしれねーな」

と蛸がいった。

「そんなのはろくな仕事にありつけねえよ。こっそり屍体の始末をしているのもいるらしいがな。近頃ではぷっくりとよく浮かんでいるんだぜ」

「いやだいやだ。ナンマイダだね」

裏長屋といっても大家がどこも管理している。どの国から出てきたか、檀那寺はどこかということまで、こと細かに記帳して町役人に知らせる義務がある。

仙蔵が聞いて回った人足が住む裏長屋でも、どこか地方の農村から逃げ出して来たらしい者ばかりで、女房も子供もいる者がほとんどだった。手伝い人足の彼らの日当は弁当持ちで二百八十文の定めがある。ひと月ほぼ休みなく働けば、毎日玄米が食えて酒の一合でも晩酌ができる。鑑札を持つ大工だったらその倍以上の日当が出る。

裏店に住む家族だったら、五人で月一両二分あればそれなりに暮らしは立つ。昨今の一両は銭にすれば六千七百五十文ほどになっている。四千文で一両の両替ができた元禄の頃とは大きな隔たりがある。

「酒を飲ませる店にいけば、怪しいやつも集まってくるはずだぜ」

そういっていた人足もいる。

安酒の店といっても色々ある。立ったまま飲ませる店もあれば、一応、旅人宿も兼ねた船宿の一階に酒を飲ませる場所をつくっていたり、酌婦を置いている居酒屋もある。

「仙蔵、おまえは酒を飲むか」

「飲みますだよ。たんとは飲めねえが、飲むことは飲むだよ」

それで立ち飲み屋に入った。こういう店に来るのは、みな独り者で日雇いで生活している者たちである。

入った立ち飲み屋には女将（おかみ）らしき女がいて、長板を横に張り出して客を迎え、女は一合ごとに銭を客から受け取っている。客は長板に一合枡（ます）を置いて塩を肴（さかな）に酒をする。

こういう場所では和三郎は手持ち無沙汰になる。それでこんにゃくを皿に盛ってもらって食っていた。その間、仙蔵は漁師を見つけて秋鯖（あきさば）漁の話なんぞをしている。

その内、「たんとは飲めねえ」といった仙蔵のいう意味が分かってきた。和三郎は、たくさんは飲めない体質だという意味でとったのだが、仙蔵は、たくさん飲むだけの銭がないというつもりでいったのである。

しょうのないやつだと思ったが、そういった立ち飲み屋の勘定は驚くほど安かった。百文ほどで仙蔵は周りにいた二、三人の者にいい顔をして奢(おご)ってやれた。

そんな立ち飲み屋から、注文を取る女中を置いた居酒屋に場所を移したときである。隣に居合わせた職人から、

「越前訛りのある人足がいた」

という話を聞いた。

「どんなやつでしたか」

「どんなって、そうさな、長芋みてえなぶよぶよした長いツラのやつだった」

その男は多分今夜も来るだろうというので、和三郎はすでに酩酊(めいてい)している仙蔵を床に寝かせて、人足が来るのを待つことにした。だが四半時(約三十分)もしない内にその男は仲間を連れて現れた。すでにどこかで一杯ひっかけてきたらしく、長芋男は赤い顔をしていた。女を呼ぶ声を耳にして、(こんにゃく野郎だ。嫌になるほど聞いた声だ)と和三郎はうんざりした気分になった。

(なんというしぶといヤツだ)

箱根の湯本を奥深く入った城山の麓にある廃寺で、盗賊どもから斬り殺されていたはずの男なのである。それも和三郎を裏切る行為をしたので、廃寺に棄(す)ててきたのである。

「だいじょうぶだあ。銭ならあるでよ。任しとけって」

懐かしい越前訛りである。和三郎はそっとその男の横に座ると、耳に口を近づけて囁いた。

「そうか、銭はあるか。では奢ってもらおうか」

「ぎゃっ」

瀬良水ノ助（せらみずのすけ）は桟敷の上で飛び上がった。目玉がこれでもかというほどに飛び出ている。まるで仕掛け目玉だなと和三郎は感心した。それから水ノ助の褌の後ろに、そこいらで拾った丸太を突っ込んで、そのばたついた体を引き上げた。

「いつからうらを見張っていたのだ。答えなくていい。どうせおまえのいうことは嘘（うそ）ばかりだ」

水ノ助は空中で両手を合わせた。

「今朝からじゃ。ほんまじゃ。嘘はいわん。殺さんでくれ」

器用なことに引き上げられたまま、眉の間で両手を合わせた。

「勿論殺さん。だが生かし方にも色々ある」

和三郎はそういって丸太を抜いた。水ノ助は床に落ち、すっかり酔っ払った仙蔵がその上に倒れ込んだ。これは誰か手助けが必要だ、と思った和三郎は居酒屋にいる連中を眺め回した。銭をほしがっている者はすぐに分かる。和三郎はニヤリとして、三人組の男たちに向かって手招きをした。恐る恐る立ち上がった男に向かって二朱銀を突き出した。仲間を誘って人足の男三人がすぐにやってきた。

（江戸とは銭があれば実に過ごしやすいところだ）

心底そう感じていた。

五

どうしても口を割らないという広島藩の渕上左馬助を縛り上げたまま、和三郎は桟橋につながれていた仙蔵の小舟に乗せた。なんとか酔いをさました仙蔵がびっくりしている。すでに風が吹きだして、小舟は木の葉のように揺れている。

倉前らこの家に住む四人も、ただ唖然として和三郎のやることを眺めている。陽は落ちてしまっているので、猿轡をかました渕上を小舟に乗せるのは、他の漁師には知られずにすんだ。

「岡殿、渕上をこんな小舟に乗せてどうしようというのだ」

逸見流の拷問にかけたのだろうが、渕上はガンとして大田原斎助の計略を話そうとはしなかったという。何もいわないのでは、大田原の後ろにいる今中大学らの意図が分からない。もし、ここを攻撃してくるのであれば、その日取りは絶対に聞き出す必要があったはずだ。

「芸州浅野家の内輪のことは私には関係ありませんが、こいつをなんとかして白状させるのは、これまでお世話になった私の礼儀でもあります。どうせこのままでは埒があかんでしょう、幸い今夜は嵐になるのでお仕置きには丁度よい日和です」

「嵐？　昼間はあれほど天気がよかったのに嵐が来るのか」

　逸見は灰色になった雲が、黒い空の中を素早く移動していくのを眺め上げた。他の三人も逸見に倣って暗い空を見上げた。生暖かい、風雲を告げる風が吹いている。

「仙蔵、おまえの頭がいう通り、今夜は嵐になりそうだな」

「んだ。こんな日に舟を出すやつはいねえ。転覆するだ」

「心配するな。ちゃんと船頭がいる」

　和三郎は暗闇から水ノ助を引っ張り出した。仙蔵が酔いつぶれている間に、三人の人足に大八車で渕上を運んでこさせ、ついでに水ノ助を引きずってきて、葦の間の杭に縛り付けておいたのである。

「これが船頭け。縛られているじゃねーか」

「縛られて漕ぐのが得意な男なのだ」

渕上同様、猿轡をかまされている水ノ助は、必死でうぐうぐといっている。小舟に乗せられている渕上は、夜目でも分かるほど大きく眼(め)を開いて、同乗する長い顔の男を見つめている。和三郎は水ノ助を小舟の船尾に突き飛ばした。

「岡殿、その男は何だ。何者だ」

倉前が体を揺らして聞いた。さすがに先ほどからの和三郎の行為には承服しかねるものがあったらしい。

「この男は土屋家の家来に雇われた刺客です。何度も私の命を狙ってきました。こいつの先導で銃で撃たれそうになったこともあります」

「刺客？　それはどういうことだ。先日の果たし合いの件と関係があるのか」

逸見が剣呑(けんのん)な様子でいった。

「今は説明できませんが、いずれ分かるでしょう。実は何故か私を付け狙う者がおるのです。倉前さんはもうお察しですが、土屋家にも内紛がありまして、私はいつの間にか巻き込まれていたのです」

「内紛。お家騒動か。それで果たし合いか」

「いえ、果たし合いは私個人への恨みであったようです。お家騒動とは関係がないようです」

この家で養生している間に、大川平兵衛は刺客とは無関係な存在なのではないか、自分が国許の者から付け狙われていることなど知らなかったのではないか、と考え直すようになっていた。

「風が強くなってきた。ほんまに嵐になるぞ。そうなったらこの連中はどうなるんじゃ」

倉前が心底心配してそう聞いた。

「仙蔵、どうなるんじゃ」

和三郎は責任を仙蔵に押し付けた。

「沖に流されて、間違いなく転覆するだ。十間ほどもあるたけー波に呑まれて死んじまうだね」

「いかんいかん。死んだら元も子もない」

「しかし白状しないのでしょう。だったら生かしておくのは危険じゃないですか。死ぬも生きるも、この連中のこれまでの行い次第です」

するとその言葉が耳に入ったのか、渕上が目を剥き出して顎を上下に振った。

「待て。やつは白状する気だぞ」

逸見が叫んだ。

「もう遅いですよ。仙蔵、頼むぞ」

和三郎はことともなげにそういうと、仙蔵に艫綱をはずさせた。小舟の二人は頭を大きく振って喘いだ。小舟はゆっくりと葦の間を縫っていく。大川に出ると、いきなり舟の先端が夜の中に伸び上がった。

「ほんとにやってしまうのか。岡殿、おぬし、性格が大分変わったのう」

倉前が恐れ入ったという風にいった。

「はあ、言葉も江戸風に変えました」

「うん、変わった。私、というようになったか。越前野山弁に未練はないのか」

「全然ありません」

「あ、舟がもう転覆する」

逸見がわめいた。足軽の吉井が悲鳴をあげた。もしあの小舟に乗っているのが自分だったらと思って怯えているのだろう。

「いや、ああみえて舟はなかなか転覆するものじゃありません。九頭竜川の船頭だったら滝でも登らせます」

そうか、と倉前が呟いた。逸見と二人は会合で夕食が出るだろうが、残された二人の家臣と居候はこれから飯を食うのである。腹が減り過ぎて、小舟のことなど心配していられない気持ちになっている。

和三郎はうねにいって酒を買わせている。塚本の怒りもそれで収まるだろうと思った。仙蔵には家に戻り損ねた分の日当を払うしかあるまい。

朝になると嵐は収まっていたが、家々の屋根が飛ばされるほど夜半は暴れたらしい。すごい音があちこちから聞こえてきたが、まさか屋根が飛ばされたとは和三郎も気がつかなかった。

すでに起きていた仙蔵が、妹のうねに命じられて大工仕事をさせられている。その金槌(かなづち)を遣う音で和三郎は起こされた。

顔を井戸で洗い、口をすすいでから川面を望んだ。豊かな水量が泥を運んで江戸湾に流れ込んでいく。小舟の姿はどこにも見えない。

「おーい、おまえの舟は見えるか」

屋根にいる仙蔵に声をかけた。見えねー、と短い返答があった。

「日当は払ってやる」

そういうと予期しない返答が屋根から返ってきた。

「舟はねーけど、杭に引っかかっているのがいるぜ。もう一人は葦の中に浮いているだよ」

まさか、と思ったとき、隣の家の住民があくびをしながら和三郎の近くに来た。

「釣り船を出すなんて馬鹿なやつらだ。だども何で縄なんかでてめえの体を縛ったんだろうな」

縄で自分の体を縛る者などおるまい、と笑っていると、近所の者が葦の間に浮いていたという屍体らしきものを引きずり上げた。普通ならそのまま川に戻してしまう。

「生きているだ」

ゆっくりと近づいていくと、和三郎を追い抜いて走っていく者がいた。吉井だった。

「あ、あいつですよ。岡さんが連れてきた男ですよ。白目を剝いているけど、まだ息があるみたいだ」

では、杭に引っかかっているやつというのは渕上か、と和三郎はあきれた。人はなかなか死なないものだと感心していたのである。

それは自分のことではないのか、と気づいたのは、倉前と逸見が朝帰りで家に戻ってきたときである。和三郎は仙蔵や他の漁師と共に、投げ縄を使って渕上を陸に引き揚げていた。葦に行く手を塞がれた渕上の体はひどく重たい。

「おおもうそんなに力が出せるのか」

倉前は驚きながら笑みを浮かべた。

「渕上を倒した剣といい、岡殿は不死身だな」

逸見はどこか疑い深そうにしている。砕かれた肩はもう治っているのではないか、と不審そうだった。肩も心臓も痛みで疼いていたが、確かに自分は何度も死地をくぐり抜けてきた強運の持ち主だった。

だが、やはり自分よりしぶとい者がいると気づかされたのは、微かだが息をしている渕上を見たときだった。その顔色は青白く、まさに死人のようだった。

「よう生きておったな」

倉前があきれたようにいった。

いつの間にか縛られていた綱を解いていた渕上は、仙蔵らの助けで舟から陸に上げられると、口から一匹の小魚を吹き出した。フグのような顎にはまだ二、三匹いるようだった。

それを見た逸見がげっ、と呻いた。

（嘘やろ）

和三郎は開いた口が塞がらなかった。

六

渕上左馬助はそれから丸三日間眠っていた。大きないびきをたてているので生きているのは明らかだった。倉前たちはでかい図体をした溺死体風の侍に手を焼いていた。

「まるで陸に打ち上げられた鯨だな」

と逸見が嘆息していった。

「こいつが屋敷にいないことを知ったら、まず最初にここが疑われるな」

「いや、『鈴鉢』の辰次姉さんでしょ。この人はあの芸者に会うのが命でしたから」

吉井が横からそういったが、それに反応する者はいなかった。ようやく塚本の声が聞こえた。

「だが、渕上にそんな甲斐性はないぞ。わずか七十俵の徒士組だ。それより、大田原が人を集めて攻撃してくることも考えられるな。儂らは浅野家にとっては謀反人だからな。江戸にいる家臣どもは今中らの企みが何も分かっておらんからな。ここが正義の見せどころと群れをなして攻め立ててくる」

腕を組んだ塚本が、眉間に皺を寄せてそう呟いた様子が和三郎の胸に浮かぶ。

和三郎は隣室で静かに聞いていた。

「やつらが攻めてきたらこいつを楯にしたらどうですか」

若い吉井がいうと、即座に逸見が、いや、と否定した。

「こいつは最初に殺される。大田原とはそういう男だ」

ともかく縛り付けておくことはできないので、見張りをつけておくしかないか、といったことを話し合っていた。

「なんとしても今中大学が殿を懐柔する前に、同志をもっと募らねばならん。江戸の者は国許では民もみんな豊かに暮らしていると思っておる。それが重役どもの悪政を隠した虚言であるということを、早く気づかせねばならん」

倉前が唸り声を交えていった。

「殿の体は日毎に弱っていると聞き及んでいる。浅野豊後殿と浅野忠殿、それに上田主水殿が連名で提出した建白書を吟味できるほどの体力が、殿にあれば越したことはないのだが」

倉前の言葉をとって逸見がいった。

「その前に信任の厚い今中の甘言に騙（だま）されてしまうのか」

「同じカンゲンでも諫言（かんげん）とは全く違う意味になるな」

そう嘆く倉前の言葉に隣室で聞き耳を立てていた和三郎は、芸州浅野家では大変なことが起こっているらしいし、この人たちも命がけだというのに、どこか余裕があるのはどういうわけだろう、と首を傾げつつ感心した。


瀬良水ノ助は渕上より半日遅れて息を吹き返した。こっちの方は起きるとすぐに覚醒した。倉前らは土屋家の内紛だと知っているから、全ては和三郎のするがままに任せて別の部屋に移動した。渕上から浅野家家中の重役たちが、いつどこで、どこまで改革派を追い詰める気でいるのか白状させるつもりでいる。

目を覚ますと水ノ助はキョロキョロとあたりを見回し、口を開いて天井を見上げた。その目の前に和三郎が出てくると、急に海老（えび）のように背中を丸めて畳に突っ伏した。

「いつおまえは江戸に入ったのだ」

水ノ助はそれには答えず、ただ震えていた。

「箱根湯本の廃寺で墓守をしていろといったはずだぞ」

和三郎がいったことがまだよく呑み込めていないようだった。あたりを探る目つきが尋常ではなかった。狼のような目だ、と和三郎は思った。水ノ助の瞳の奥が青く沈んでいる。

「死ぬかと思った。こええよ。あんなすごい波は見たことがねえ。天から分厚い波が被さってきただ。もう、いやだ」

和三郎はうねにいって茶を持ってこさせた。水ノ助は茶を浴びるように飲んだ。そしてまた半口を開いて呆然としていた。震えが少し治まったので和三郎はもう一度尋ねた。

「いつ江戸に入ったのだ」

「もうひと月になるだ」

口の脇から涎が垂れているが、水ノ助の答えはちゃんと和三郎の耳に届いた。

「それでまたおれを闇討ちしようと企んでいたのか」

「そんなことはするつもりはねえ。うらはただ岡様を見つけ出すようにいわれただけだ」

「誰にだ」

「よく知らねえ人にだよ。うらは何も聞かされていないんじゃ」

「いい加減なことをいうな。よく知らない人から頼まれごとをするわけがない。どこで会った?」

「さあ、よく覚えてねえ」

「覚えていないか。おまえの巾着には銀の小粒が十匁ほど入っていた。これは誰から貰ったのだ」

　銀五匁は安い金ではない。一杯二十一文の蕎麦が二十一杯は食える。銀七十五匁で一両になるのである。

「誰だったか、人足をたばねているやつだ」

「ほざくのは勝手だが、早く喋った方が身のためだぞ。おれは今度こそおまえを殺す気でいる。では参る」

「どこに参るんじゃ。わ、わ、やめてくれ」

　そこで初めて水ノ助は目の色を変えた。和三郎が立ち上がると、顔を太腿の中に突っ込んで体を固くして丸めた。和三郎は解いてあった縄を手にしてまず水ノ助の首に回すと、次に手首を固く縛った。

　抵抗をしていた水ノ助だが、和三郎に首の付け根にある急所を突かれると、操り人形のようにおとなしくなった。全ての神経を弛緩させたのである。武田派一刀流では関節技も稽古すれば合気武道もする。

合気武道は合気術とは違って武道の範囲に入り、和三郎が水ノ助に使ったのは合気武術の技である。名人になると相手の体にほとんど触れることなく、数名を瞬時に投げ飛ばす。これを五年前に旅の絵師から習った。その絵師は隠密だと和三郎は思うようになっている。

それから水ノ助を逆さまにして梁から吊るした。最初はやめてくれとわめいていたが、しばらくすると観念したのか、今度は気絶したふりをした。

だが和三郎は逆さ吊りが見てくれとは違って、厳しいものであることを知っている。体中の血が頭に下がると全身が硬直する。頭の中に溢れかえった血が行き場を失って逆流する。

その痛みは尋常ではなく、大盗賊といわれた悪党でも大声で泣き叫ぶ。気が狂う前のせめぎ合いが体の中で戦乱を呼ぶ。

ここは我慢比べだと思いながら、片手の上に顎を置いて、無念無想で吊るされている水ノ助を横になって眺めていた。

案の定、水ノ助は四半時で音を上げた。山育ちで我慢強い水ノ助にしても、逆さ吊りは余程つらかったとみえる。

「勘弁して下さい」

と逆さに吊るされたまま、水ノ助は嗄れた声を出して哀願した。

「駄目じゃ。あとふた時（約四時間）もそうしておれば冥土に行ける。いや、愉快な地獄巡りが待っておるぞ」

「もう死にそうじゃ。頭が割れる。ぶっ壊れる。助けてくれ」

「おまえは油断がならん。誰がおれを殺そうとしているのか、それとも誰かの身代わりと分かった上でおれを付け狙っているのか、知っていることをみんな白状するまでそのままでおれ」

ほっておいたのは短時間だったが、和三郎は熟睡した。目が覚めたのは腹の虫が鳴いたからである。吊るしてある水ノ助を見ると、いつの間にか涙を流していた。頬を伝わずに目から溢れた水滴は、眉毛を越えて水ノ助の髪に流れていく。

「知っていることなんて何もないんじゃ。うらは田川という侍から……う……このあたりに岡和三郎さんが……お、お、おるかどうか確かめてこいと……いわれただけなんや」

ふた時あまり逆さまに吊るされているせいか、いつもは青白い水ノ助の顔色が赤黒く染まっている。

「田川とは誰だ」

水ノ助は答えない。見ると吊るされた体が激しい痙攣を起こしている。目玉は完全に白くなって、四方八方に向かって剝き出している。その剝き出した部分まで震えている。

（これはいかん）

和三郎は起き上がって、天井の梁に括り付けておいた縄を外した。足首を縛っている縄はそのままにした。

芋虫のようになって水ノ助は畳につっぷしている。

（医者を呼ぶわけにもいかんしなあ。さてどうしたものか）

医者という言葉が浮かんだとき、不意に石井峯庵という山羊に似た医師の顔を思い浮かべた。

（もしかしたら、あの峯庵殿が、この家に肩の骨を砕かれた修行人がおると、どこかで喋ったのではないか）

自分の命を救ってくれた恩人ではあるが、どこか軽率なところがあるのを感じていた。倉前が医師を信用して軽妙な感じで和三郎のことを説明していたが、自分とは何の関係もない峯庵が、診察にいった先で何気なく、こんな患者がいたがなんとか一命を取り留めたと、手柄話として喋ってしまっても不思議はない。

（田川という男はそんな噂話を耳にして、自分と結びつけたのではないか）

そう考えながら、死んだようになっている水ノ助を眺めて、少し遣り過ぎたと反省していると、ひょっこりと倉前と逸見が顔を覗かせた。そういえば隣室からの話し声は途絶えている。

七

「お、この男はどうしたのじゃ。様子がおかしいではないか」

倉前は怪訝そうに和三郎を覗き込んだ。和三郎は頭を掻いた。

「はあ、天井から吊るしていたのですが、少し遣り過ぎました。死ぬかもしれません」

「そうか、それほどの恨みのあるやつか。国許からおぬしを狙ってつけてきた刺客だと申しておったな」

「そうらしいのですが、どうも、その辺が少々混雑しておりまして」

「混雑？　聞きなれない言葉じゃな。それはどういう意味だ」

「高野長英の造語です。幕閣は頭の中が混乱しているということでしょう」

長い療養中に和三郎は高野長英や渡辺崋山の本を読んでいた。「戊戌夢物語」は匿名で書かれたものらしかったが、十五年の間に長英著作として相当広まっていた。モリソン号を幕命によって打ち払った事件を、バカな話だといっており、内容はそれほど過激なものではなかったが、田舎育ちの和三郎にとっては、目から鱗が落ちるほど衝撃を受けた。

「水ノ助の不埒な行動については、まあ、話せば長い、というか、案外簡単なのかもしれませんが」

そう言いだした和三郎は、越前野山土屋領の山中で、この水ノ助を含む三人の者が、一人の若い男を殺そうとしていたときのことから説明しだした。

その若い男は伊藤慎蔵という蘭学者で、当主土屋忠直様の求めに応じて、適塾の緒方洪庵の指示で土屋家に洋学指南に行く途中だった。

「行きがかり上、私は襲っていた三人のうち二人を斬って伊藤殿を助けたのですが、一人だけ肘の腱を斬って放り出しました。どうせ下っ端だったので、いずれ頭目に殺されると思ったからです。それがこの瀬良水ノ助です」

「それがどういう事情でおぬしを付け狙うようになったのだ」

逸見が尋ねた。その辺が分からないところで、自分の顔を知っている水ノ助を先導役にしたまでは理解できるが、なぜ、先に兄弟子二人を密殺した刺客から、和三郎は狙われることになったのか、それが分からない。

　水ノ助は単に銭がほしくて伊藤襲撃の仲間に加わったのだが、同時に和三郎が斬った二人とは同じ大川道場の門下生でもある。

「その遺族から私は恨みを買って復讐の対象にされているのかもしれません。水ノ助はその手先に使われたとも考えられます。全く理不尽な話ですが、そう逆恨みを持つ者もいますから」

　それより、不可解なのは、元々勘定奉行から江戸での武者修行を命じられた自分が、江戸に発つその日に隠密と思しき強者の二人組から襲われたことである。

「もう、お二人にはみんな打ち明けてしまいますが、私は土屋家の世嗣であらせられる、七歳になる直俊君を密かにお護りするようにとも命じられています。いや、こちらの方がお年寄り様の狙いでございましょう」

「世嗣を護る？　それをおぬしが一人で護るのか」

　逸見はさすがに驚いている。

「まさか、と私も最初は思ったのですが、どうも沙那殿の話では、下屋敷で若君に仕える者は、わずか老人一人と三人の侍だけで、それではどうにも頼りになりません」

「では、おぬしはこんなところで休んでいる場合ではないではないか」

「その通りです、逸見さん。でも、仕事に就く前に、私は大川平兵衛にやられてしまいました」

あっさりといったのは、大川と自分の力量の差があまりに明白であったからである。

「つまり、それは、おぬしが世嗣を護ろうとしているからか。いや、お家騒動というが、一体誰が騒動を起こしておるのだ」

「前領主の忠国様です。不埒な行為が幕閣に露見しそうになって、領主を罷免されたお方です。このお方の五歳になる嫡男を、忠国様は次の領主にしようと企てているようなのです」

「やはり、絵に描いたようなお家騒動だな。だが、そこでおぬしはどう関わってくるのだ。おぬしは小納戸役(こなんどやく)の弟だろうが」

あからさまに和三郎の役目を怪しんで逸見はいった。腕を組んで首を横にしている。だが和三郎の身分を蔑んでいるわけではなかった。

「土屋領からどなたか大切なお方が江戸に参ったようなのです」

「大切なお方？　それは誰じゃ、何の役目で参ったのだ」

「それが分からないのです。ただ、私が付け狙われたのは、最初、敵側にはその重要なお方だと勘違いされたからではないのかと」

「待て待て、もしかしたら、勘定奉行かその上にいるお年寄りは、もとよりそのつもりで岡殿を江戸に赴かせたというのか」

「そうです。私の想像ですが」

「すると、おぬしは敵側の目を惹き付ける囮というわけか」

逸見は驚嘆の声をあげた。

「では最初からおぬしは殺されても仕方ないと、勘定奉行は計算していたわけか」

「はい。でもどうやら途中から刺客どもの狙いは別の方に移ったようです。私が単なる囮だと分かったのですね」

「なるほど、囮などに本気で関わりあっている暇はないということじゃな」

和三郎は頷いた。

「藤川宿の先の街道で、この水ノ助の頭目が私を銃で狙わせたとき、まあ、私は運良く弾を受けなくてすんだのですが、こいつは、私はついでに狙われたのだ、狙いは他にある、とあたかももっと大物が狙いだというようなことをポツリと漏らしまして、それで、私の頭の中では混雑が始まったのです」

「うん、そこで混雑とな、ふむ。まだよく分からんが」

「世嗣を陰ながら護れとお年寄りがいわれましたが、本気であれば、私ごとき者ではなく、もっと腕の立つ者を何十人と護衛につけるはずなんです。いや、実はもうどこかに潜んでいるのかもしれません。ともあれ私に対する命令は、本来の目的とは逸脱しているのではないかと疑いが深まりました」

「そうか」

倉前はそういうと唇をへの字に曲げた。逸見はどうにも困った様子でいる。

「岡殿にも色々と事情があるようだが、こちらもな……」

「どうかしましたか。渕上が気がついたのですか」

「そのことなのだが、渕上がどのように大田原に報告したのか、今はまだ分かりようがないのだ。思った通り、溺れ死ぬ目に遭ったというのに、あやつは頑として口を割らん。が、どちらにせよ、今中大学は我らを謀反人として捕らえようと、江戸にいる家臣を総出で襲ってくることだろう。そこで……」

倉前は砕かれた和三郎の肩に目をとめて、深いため息をついた。

「そこでじゃ。ここが急襲されたら、我々には岡殿を守るすべがない。恐らく逃げるのに精一杯じゃ」

倉前の言葉はいつになく重い。そこで口を閉ざすと代わって逸見がいった。

「その前に岡殿には別の場所に移ってもらいたいのだ。どこか隠れ家になるようなあてはないか」

そういうことか、と和三郎は頷いた。要するに怪我を負っている自分は、この人たちにとっては足手まといなのだと思った。

和三郎は逆らわなかった。そして以前より考えていたことを口にした。

「八丁堀に中村道場があるそうですが、そこは空き家同然で、そこを訪ねろといわれたことがあります」

「八丁堀ならすぐ近くだ。鉄砲洲にかかる稲荷橋を渡れば八丁堀だ。だが中村道場というのは知らんな。なんせ江戸には剣術道場が二百軒ばかりもあるからな」

逸見は気の毒そうにいった。

「神道無念流の戸賀崎（とがさき）道場で聞けば、中村道場の場所は分かると聞いています。道場主は中村一心斎殿です」

「なに、中村一心斎殿となー!」

いきなり逸見が叫んだので和三郎はびっくりして心臓が破裂しそうになった。傍にいる倉前も、逸見のほうを向いて仁王様のように両目を剝き出してのけぞった。

「ど、どうしておぬしが中村一心斎殿を存じておるのだ」

逸見はいつになく興奮している。和三郎にとってはむしろ逸見の鼻息の荒い様子に驚いていた。

「私は中村一心斎殿の弟子にさせて頂きました。ま、最近のことですが」

いささか照れてしまったのは、一心斎から授かった秘伝の技を遣おうとして、大川平兵衛から肩を粉砕され、胸に刃(やいば)を受けて死にぞこなったからである。しかもそれを逸見に見られている。付け焼き刃はいかんなと、和三郎はあのときの情景を思い浮かべては冷や汗をかいている。

「弟子!? あの不二心(ふじしん)流の中村一心斎殿の弟子になったというのか」

「はあ。押しかけ弟子ですが」

「そ、それで中村一心斎殿から指南を受けたというのか」

逸見は食いつくようなまなじりで和三郎を睨んでくる。

「一度だけ手合わせを受けました」

「受けた？　それでどうなった」

「一心斎殿は鉄扇を持っただけでしたが、私が刀を抜こうとしたとたん宙に飛ばされました」

「それだけか？　何か得るものはなかったのか」

そう聞かれても和三郎にはうまく表現する術がない。仕方なく感じたままのことを口にした。

「巨大な泡のようなものが膨れ上がって、私を包み込みました。それから暗い果てしない感じのところに放りだされました。しかし、一瞬のことですから、一心斎殿がどういう技を使ったのかまるで分かりませんでした」

うむ、と唸った逸見は、そうか、それでおぬしは果たし合いのとき木刀で立ち向かったのか、と声に出して呟いた。

「逸見、その中村一心斎というのは何者じゃ」

倉前が尋ねた。

「男谷精一郎殿が唯一勝てなかった相手こそ、不二心流の中村一心斎殿だ」

「おお、あの直心影流の男谷殿が……」

「そうじゃ。旗本、御家人の中で男谷殿に勝る剣客などおらん。その男谷殿が上段に振りかぶったまま動けなくなったのだ。その男谷殿の間合いに入った短い木刀の切っ先が、男谷殿の喉に触れて行きつ戻りつしたのだ。勿論、小刀を持っていたのは中村一心斎殿だ。この立ち合いはさる大名の強い要望によって執り行われたのだが、この御前試合のことは極秘になっておる」

そう説明してから、逸見は鋭い目を和三郎に向けた。

「あの中村一心斎殿の道場が八丁堀にあるというのか」

「そういわれておりました」

「そこに行くように、おぬしは中村一心斎殿から直接いわれたのか」

「はい、行くところがなくなったらいつでも訪ねていけといわれました」

ふむ、と鼻息を出した逸見は今度は虚ろな目つきになって天井を見上げた。

「それはいわば秘密の館だな。しかし、戸賀崎熊太郎はもう五十年ほど前に没しておる。弟子の岡田十松も亡くなって三十年がたつ。今、神道無念流は斎藤弥九郎が斎藤派念流として、麴町三番町に練兵館道場を建てて本拠地としている」

「斎藤弥九郎は江川太郎左衛門に随行して、品川に砲台を築いておるな」

と今度は倉前が上目遣いに呟いた。

「そうだ。長州の桂小五郎という者が斎藤の手足となって働いているそうだ。慣れない舟の櫓を漕いで海に落ちたと聞いている。桂小五郎は長州では聞こえた剣術遣いだが、守旧派の重役が、今度のペリー来航とオロシアのプチャーチン来航をどう受け止めるかだな。長州の命運は我が広島にもかかっておる。それに幕府は外国にもう手も足も出せんほど追い込まれておる。今こそこの国は一丸とならんといかんときだ。清のようになっては国が滅亡する。人民は外国の奴隷になる」

そう逸見が意見を述べた。

「幕閣では、新たに鉄砲や軍艦を阿蘭陀に注文する方向で交渉が始められたと聞いている。しかし阿蘭陀はもう国が、沈みかけている。昔とは違うのだ」

逸見の意見に倉前が応じた。和三郎も控えめに目くじらを立てた。いよいよお家騒動に浮かれている場合ではないと思った。

「だがこの大事なときに次の将軍様があの体たらくではな」

十二代将軍の家慶が亡くなったのは、和三郎が箱根湯本で傷を治していた六月二十二日のことであったが、勿論、和三郎はそんなことは知らずにいた。

「十三代将軍になる方がどうかしたのですか」

和三郎はそう聞いた。正直、将軍が誰であろうがどうでもよかった。大事なのは土屋家なのである。

「あれは阿呆じゃ」

倉前が吐き捨てるようにいった。

「いや、阿呆以前じゃ。側近の者から耳に挟んだことだが、生まれつきだそうだ。阿蘭陀製の鉄砲を持って側近を追い回して遊んでおるので、側近は毎日生きた心地がしないそうだ」

と逸見がいった。逸見の顔が広いのは、二刀流が他の道場で珍しがられているからである。それ故、立ち合いの申し込みも多い。

「じゃが、阿呆の殿様をありがたがる重臣もおる。何でも己らの好きなようにできるからの。あの阿呆を褒めている連中がそうじゃ」

倉前は含蓄のあることをいって自ら頷いた。芸州浅野家は現在九代目の斉粛が当主で、凡庸ではないが藩政に携わってすでに二十二年がたち、四十歳前だというのに、いささかくたびれきっている。

もともと藩財政が逼迫している折に、十七歳の斉粛は第十一代将軍家斉の二十四女末姫と婚儀をとりおこなうことになったのが、さらに財政難に追い打ちをかけた。大奥女中だけでも五十人の幕府女中が入った。それらの費用は全て、大坂商人からの借財に頼るほかなかったのである。

そういった事情があったことは、ここでひと月半近くも療養している内に、自然に和三郎の耳に入ってきたことである。

ともあれ、といって逸見は和三郎に顔を向けた。

「中村一心斎殿の隠れ道場はおれが見つけてきてやる。江戸に不慣れなおぬしでは無理だ。第一、国許の者に出会ったりしたらまずいだろう」

「はい、助かります」

江戸は不慣れどころか、土屋家の上屋敷がある筋違橋門の場所さえ、切絵図の中でしか知らないのである。名高い日本橋（にほんばし）さえ目にしていない。

「やつらもすぐには襲ってはこんだろう。殿を懐柔するのに忙しいからな。では、岡殿、逸見が中村道場を探し出す間、そのくたばりそこないを充分に痛めつけておくがいい。土屋家家中で何が起こっているのか聞きだすのだ。そいつにおぬしを探るように命じた者が江戸におれば、そいつを叩け。こういうことに同情と油断は禁物じゃ」

倉前はそういうと逸見と共に部屋を出ていった。やはりここを出なくてはならないな、と和三郎は考え込んだ。これ以上、世話になるのは申し訳ないし、自分には肩が治るのを待っているほど、悠長な時はないと思いつめていたからである。

八

死ぬことはなかったが、瀬良水ノ助が喋れるようになるには、渕上左馬助が回復してから、さらにもう一日半待たなければならなかった。それでも水ノ助は苦しそうだった。

「話の続きだ。おまえにうらを探索するように命じた田川というのは何者や」

ようやく上体だけを起こした水ノ助は水を欲しがったが、和三郎は油断は禁物とばかり、その要望を無視した。

「水など腐るほど飲んどるじゃろ」

「喉が焼け付くようじゃ。水をくれ」

縄をかけられた水ノ助は何度も泣き言をいったが、和三郎は水ノ助の傍で飯を食っていただけだ。

「何でもいうだ。じゃが、うらが知らされているのはほんま何もないんじゃ」

「田川とは誰だ」

観念したのか、水ノ助はようやく口を開いた。

「ここからほんのすぐ先の蠣殻町の中屋敷にいる用人じゃ。田川源三郎(げんざぶろう)というて、元はご隠居の側用人(そばようにん)だった人だそうじゃ。苦しい、なんとかしてくれ」

「ご隠居の側用人か？　それはどのご隠居のことをいっているのだ」

「小耳に挟んだだけじゃが、安光院(あんこういん)様に仕えていたらしい」

安光院様は六代目の藩主で、一昨年に五十代半ばで亡くなったが、生前は土屋直義(なおよし)様といわれた。前藩主忠国様と、今の忠直様の父にあたる。

安光院様の尊父にあたる五代目義崇様は、八十歳を過ぎてまだご壮健であると聞いている。江戸の中屋敷におられると聞いていたが、どうやら野山領の北園荘といわれる壮大な御殿に住まいしておられるようだ。

「安光院様をご隠居と呼ぶとは不埒なやつだな」

「うらがいっていたんじゃない。蠣殻町の屋敷にいた者がそういっていたんじゃ。喉が焼ける。死にそうだ」

「死んでも構わんぞ。おまえが死んだとて、誰も悲しむ者はおらんからの」

「国許のおっかあが泣く」

「おっかあやと。おまえは織田(おた)陣屋の割元(わりもと)だとか申しておったが、やはり百姓の出か」

　下級武士でも母をおっかあとは呼ばない。

「そうじゃ」

「村はどこだ？」

「秋生じゃ」

　山の中に痩せた田畠がある貧しい村だった。

「おれを探し出せば、新たに五十匁の銀が手に入ると以前いっておったな。それをお袋に渡すとな。どうだ、手に入ったのか」

「兄貴が代官からもらっておっかあに届けたはずや。おっかあの面倒をみる者はおらんからの、貧乏なんじゃ」

　和三郎は飯を食う手を止めて、水ノ助を見つめた。秋生村に限らず、土屋領の村々はどこも貧しかった。男は伐採に行き、女は畑仕事をして、夜は臼で粉をひいた。冬には夜中まで藁細工をする。

「おまえの親父は死んだといっておったな」

　下級侍だと水ノ助から聞いたことがあった。

「それは養い親じゃ。うらのほんまの親父は殺されたんじゃ、たぶん」

「ほう、誰にだ」

「知るもんけ。夜盗だろう。うらはしんがい子なんじゃ」

そうか、と和三郎は思った。だが、父親が誰だか分からないまま生まれてくる子は、珍しい話ではなかった。村の男たちの間では夜這いは日常茶飯事だった。

「おまえは夜這いによってできた子か」

「いや、旅の侍だ」

「旅の侍？」

「おっかあを襲ってそのまま消えたんじゃ。だがいつか戻ってくるとおっかあはいっとった。じゃが、騙されたんじゃ。百姓はいつもそうや。侍に騙される」

水ノ助はどうやら本当のことをいっているようだと和三郎は思った。水ノ助の目の色が青黒く沈んでいる。

「だからうらは大川道場に通って侍になろうとしたんや。百姓なんかやっとっても牛馬と同じだ。いやそれ以下だ。侍にならなけりゃあ、飯も食えねえ。おっかあを食わせていけねえ」

水ノ助の目から、大粒の涙が流れている。

「おまえの身の上話は分かった。だがおれにとってはおまえは敵だ。何度もおれの命を狙ったからな。それはどういうわけだ」

「前にいったはずじゃ。うらは二両で伊藤という学者を待ち伏せして殺せと命じられたとな。岡さんのことは何も聞かされていなかった」

「しかし、何故伊藤を殺す必要があったんだ」

「蘭学嫌いのお偉方にとっては、伊藤という学者を何としても領内に入れたくなかったんじゃ。蘭学は土屋家を滅ぼすとな。殺しを請け負った大川道場の兄弟子は、岡さんが突然現れたんで泡食ったんや。偶然とはいえ不運なことじゃった」

和三郎は思い出していた。刺客の内、水ノ助を生かしたのは、国に戻って不首尾だったことを上役に報告すれば、ゴミ同然の水ノ助などその場で斬殺されてしまうだろうと推察したからだ。

黒幕に通じる者は、そのとき水ノ助を別のことで使う気になったのだろう。それが、黒幕配下の刺客の手足として働かせることだった。

「だが、国許に逃げ帰ったおまえは、命を奪われる代わりに、飯塚の手下になった。飯塚はおれの兄弟子を密殺したやつだ。そうだな」

「そうじゃ。じゃが、結局飯塚は岡さんに殺された」

「その飯塚が黒幕の命を受けて、死ぬ気で付け狙っていたのは誰だ」

そう聞くと水ノ助の顔がぐにゃりと歪(ゆが)んだ。こんにゃくが折れたのかと思うほどだった。顎も変な風にねじれている。

「よく知らねえ」

「そうか、やはりおまえは嘘つきだな。やつらに殺される前にもう一度溺れたいか」

「そ、そんな……」

和三郎はできるだけ穏やかにいったつもりだった。酷(むご)い責めをするばかりが折檻(せっかん)ではない。

「や、やめてくれ。そんな目でうらを見るのはやめてくれ」

「では知っていることだけをいえばよい」

うぐっ、とまた水ノ助は口ごもった。もう日が沈んで一時（約二時間）ほど経つ。和三郎は行灯(あんどん)を引き寄せて、蝋燭(ろうそく)だけを引き抜いて手にした。水ノ助の顎にその火先を寄せた。

「いうだ。飯塚が狙っていたのは、その隠居、安光院様につながる方だといっていた。聞かされたのはそれだけだ」

「もっと知っているはずだ」

「ほんまや。飯塚もそれ以上のことは知らんかったようじゃ。あいつは腕はたつが、それでも代官の飼い犬じゃ。うらは代官すら会うたことはない。奉行は……奉行は雲の上の人じゃ。奉行にとってはうらたちは虫けら同然じゃからな。何も知らされてないわい」

死ぬ前に刺客の飯塚が口にしたのも、命令は奉行から出ている、ということだけだった。

「奉行とは誰のことだ」

「郡奉行の青池様じゃ」

「青池善左か」

郡奉行は国許では勘定奉行の配下にあたる。

「勘定奉行の森源太夫を知っているか」

「名めえだけだ」

「青池が森源太夫の名を出したことはないか」

水ノ助はきっぱりと頭を振った。

「青池様も森様もうらは会ったことはねえ。顔さえ拝んだことはねえ」

和三郎は頷いた。

「いいだろう。ところでうらは江戸に来た早々、匕首を腹に抱いた五人組の町人に襲われたのだが、それは聞いているか」

「いや、知らねえ。江戸に来た早々って、何のことや。うらは箱根の奥の寺に置き去りにされていたんや。うらの他に岡さんを付け狙っていたやつがいたということか」

水ノ助は珍しくまともなことをいった。

「いたのだよ。おまえにうらを探すように命じた蠣殻町の用人に、その辺のことをちゃんと聞いておくんだ」

「分かっただ」

頷いた水ノ助の顔が負け犬になっている。

「もうひとつ聞くが、どうしておまえが蠣殻町の屋敷を訪ねていくことができたのだ。そんな身分じゃあるまい」

うらめしそうな顔になって水ノ助はまた頷いた。そこに少し反発する気配が漂っている。

「江戸にも大川道場の人はいるだ。うらは大川道場の師範の紹介を受けただ」

「大川平兵衛か」

水ノ助は目を剝いた。さすがに驚いている。

「ど、どうして大川平兵衛様を知っているんや。あのお方はずっと江戸におられた方じゃ」

その大川平兵衛からあらぬ恨みを受けて果たし合いをすることになったのだ、とは和三郎はいわずにいた。ただ、肩をさすっていただけである。

「おまえはこのまま中屋敷用人の田川源三郎のところへ戻れ。但（ただ）し、条件がある。おまえがおれを裏切らないという証（あか）しに、田川から飯塚が狙っていた国許の人というのは誰なのか聞き出してこい」

「それって間諜（かんちょう）になれってことですかい？」

「そうだ。向こうの人間にとっても、今までのおまえは間諜だったわけだ。今度はこっちにこい。水は甘いぞ」

水ノ助は怖気（おぞけ）をふるったように体を震わせた。

「無理だ。用人が、うらごときモンに、お命頂戴する相手が誰なのか、正体は何者なのかなんて話すわけがねえ」

どうやら田川源三郎は、単なる中屋敷用人ではなく、かつては奥深くに入り込んでいた重役らしい、と和三郎は見当をつけた。

「では田川に聞かれたことを、少しだけ事実を含めて、あとは得意のでっち上げで答えるんだな。相手が気を許すのを見計らって聞き出すんだ。つまり、おまえは二重の間諜になるということだ」

水ノ助は目を細めた。怯えている。

「最初会ったときから岡様はおっかない人だと思っていたんや。ほんまに悪や」

和三郎は思わずニヤリとした。

「やめてくれ。そんな薄気味の悪い笑いをしねえでくれ。ああ、しょんべんがちびる」

「させてやる。ただしちゃんと聞き出してくるんだぞ」

「聞いてはみるが、田川様が大切な秘密を漏らすわけがねえ。あの人こそ心の底が見えねえ人だ」

「そのときは田川をここまで連れ出してこい。なに、岡和三郎がこの家にいたといえばやってくるさ。そのときはふくろうの鳴き声をたてろ」

「ふくろうの鳴き声なんかできねえ」

「では何か合図になる鳴き声をたててみろ」

長い顎を横に振って、水ノ助はあれこれと鳥の鳴き声を真似てみた。どれも似ていなかったが、最後に「カア」と鳴いたのが鴉らしかった。

「それでいこう。ただし急げ。明日の夜までに知らせろ。この家も今色々と怪しい者が嗅ぎ回っていてな、忙しいのだ」

和三郎は巾着から二朱銀を二枚取り出して水ノ助の前に置いた。

ぐにゃぐにゃになっていた水ノ助の顔が、そのときだけまっすぐに伸びた。

（このままでは銭はすぐになくなる）

和三郎は江戸ではどうやって稼ぐか、その方法を考えていた。

川人足は無理なようだったし、当分は剣も振るえない。これが世間でいう、ひもじい痩せ浪人というやつかとそっとため息をついた。浪人では八丁堀界隈を、大手を振って歩くわけにはいかなかった。

九

夜半に目が覚めたのは、廊下で寝かしていた水ノ助がごそごそとしだしたからである。

山の中で育った水ノ助には、常人には聞こえないものがとらえられるらしい。

「どうかしたか」

そっと囁いた。

もう水ノ助の手足を縛り付けるものはない。いつでも逃げられるのだが、そうしなかったのは、水ノ助には別に恐れるものがあったからららしい。あるいは何か考えが浮かんだのか。もう一晩ここにいさせてくれと言い出したのは、水ノ助の方からだった。

「五、六人が取り囲んでおる。いや、もう一人裏に回ったようや」

「よし、おまえは逃げろ。ここにいると巻き添えを食らうぞ」

和三郎はそう小声でいうと隣室にまず行った。今夜は剣を手にしている。まず、倉前を揺り動かした。

「囲まれている。私はやつらの背後に回ります」

う、うぐ、と呻いたが、倉前はすぐに状況を察して起き上がった。

「逸見さんと塚本さんに知らせて下さい。私は吉井を起こしてから、うねを台所の隅に隠します」

返事を聞かず、和三郎は玄関脇の小部屋で寝ていた吉井をそっと起こした。すぐに女中部屋にしている隣の三畳間に入ってうねを起こした。事情をある程度知っているはずのうねだったが、敵に囲まれたことを知ると悲鳴をあげそうになった。和三郎はあわてて、うねの口を押さえた。

「和三郎だ。いいか、台所の水瓶の横で籠を被ってじっとしておれ。必ず助け出す」

その晩の和三郎は不思議に肩の痛みを感じなかった。神経が麻痺していたのかもしれない。

裏庭に出ると、まず納屋の中に縛り付けて転がしてある渕上左馬助の様子を外から探った。渕上は何も知らずに眠っているようだ。十三夜の月は大きかったが、その半分以上が黒い雲にかかっている。人影ができにくい夜だった。

納屋の壁に張り付いて、表から裏に回ってくる黒ずんだ人の形を見定めた。二人いた。和三郎はすでに鞘を抜いた真剣を自らの背中で隠していた。

一間ほどの間隔を空けて、二人は中腰になって雨戸の前で中の様子を探っていた。二人とも抜き身を下げている。しかも黒い覆面を被っている。そこは倉前が使っている部屋の前である。

和三郎はすっと飛び出すと、背後から二人の首をほぼ同時に払った。骨を斬った切っ先が意外に軽かった。二人は声を出すこともなく崩れ落ちた。意外に出血も少なかった。

二人の死骸をそのままにして、今度は屋根に飛び移った。板葺きの屋根には、川風に飛ばされないように、小石がところどころ置かれている。その小石に身を隠すようにへばりついた。人声がしたのである。

ついで喚声が上がった。どこかで争いが起こったようである。うおっと怒声がして、葦の伸びた川から大きな音がした。誰かが投げ飛ばされたらしい。

(倉前さんだな)

ついで剣を交える鋭い音が夜の中で響いた。うおっとごつい声がする。

「逸見、裏切ったか」

と吠える声がすると、

「おぬしこそ裏切り者じゃ」

と罵る逸見の声がして、闘争の気配が低いところから舞い上がった。剣を交える音が表からも聞こえてきた。

「どこじゃ。早くせい」

と低く怒り立つ男の声がした。目を凝らすと、先頭の者に、背後から剣を突き立てて近づいてくる者がいる。

先に立っているのは吉井だった。雲間から顔を覗かせた月が、吉井の骨ばった頬を白く照らした。背後にいる男は、どうやら夜襲をかけてきた者どもの頭領らしい。これも黒覆面をしている。あとからもう一人やってきた者が、大田原さんと呼んだ。呼ばれた武士は返事をせずに吉井にもう一度、どこだ、と聞いた。

表からは刃を交える音が、ずっと響いている。

吉井は納屋の方に歩みかけた。

そのときを見計らって、和三郎は夜の空に向かって蹴り立てた。

最初に頭領らしい男の脳天を柄元(つかもと)で叩きつけた。小太りの男はうめき声をたてることもなく昏倒した。

背後にいた黒ずくめの男が身構えるのを見て、和三郎は下段から腹にかけて斬り上げた。この男は派手な悲鳴をあげて倒れ落ちた。血しぶきがたったようだが、そのときには月は雲に隠れていた。

「吉井さん、今だ、逃げろ」

吉井の動揺が伝わってきた。だが、吉井の体から発せられる熱が、まだ闇の中に留まっている。足がすくんで逃げられずにいるようだ。

数名の足音がした。

「逃げろ」

そう叱責すると、和三郎は再び納屋の板壁に身を隠した。

「渕上はどこだ」

聞いたことのない男の声がした。あとから二人続いてきた。三人は足元で倒れている四人が目に入らなかったらしい。

「わっ」

と喚いて一人が屍体に蹴つまずいた。

それに続いて三人の者が倒れこんだ。ギャッと叫んだのは、最後に倒れこんだやつが握っていた剣が、同志の尻にでも突き刺さったからだろう。痛え痛えと呻いている。

納屋のそばには、仙蔵が畑仕事の作業に使っていた、ぶっとい棍棒が転がっている。それが灰色に鈍く輝いている。

(愚かなやつらじゃ)

今度は剣を使う必要はなかった。棍棒を手にした和三郎は、三人の頭を順番に殴った。一人三回ずつほど殴ると呻き声さえ聞こえなくなった。

(一人くらいは頭が割れたかもしれんな)

それも運命だろうと冷ややかに思いながら、和三郎は吉井の名を呼んだ。

「もう大丈夫です」

曙(あけぼの)がそこまできていた。その薄ぼんやりとした明かりの中を、床下からのそのそと現れたのは、吉井ではなく、とっくに逃げたはずの水ノ助だった。

「おーい、岡殿、そっちはどうじゃ」

はばかることなくやってくる倉前の呼び声がする。刃が打ち合う音はもう聞こえてこない。和三郎がしまったとほぞを噛(か)んだのは、棍棒でぶったたいた賊は三人ではなく四人で、その気絶している者の中に吉井の顔を見出(みいだ)したときである。

十

倉前たちが、死んだ三人の浅野家家中の者を棺桶(かんおけ)に入れて、赤坂の屋敷の門前に運んだのは翌々日のことである。三人とも裏庭に回ってきた者たちで、和三郎の剣にかかって死んだ者たちである。三人の屍(しかばね)が門前に置き去りにされていたことは、近くの者たちの噂にのぼったらしい。

あるいは、倉前たちの狙いは、噂が広まることであったのかもしれない。

船松町の隠れ家の表から襲ってきた浅野家家来は、ほとんどが逃げたか殺されたかしたが、二人は捕らえられて逸見らの厳しい尋問に合っている。

その間どのような問答が行われたのか和三郎は承知していないが、どうやら襲ってきたのは家老の今中大学に命じられた者どもで、その中には逸見弥平次が憎む大田原斎助も混じっていた。家老が出府してきて以来、芸州浅野家は相当な混乱をきたしているらしい。

大田原は死人の中にはいなかった。和三郎が刀の柄元で飛びおりざまに大田原の脳天に鉄槌をくらわして、失神させたのである。

大田原が生き残っていたことに、後からやってきた岸九兵衛が特に感謝していた。お上の面前で、表立って詰問することこそ、岸を始めとする改革派の目的だったのである。

だが、大田原が近習頭の疋田正典の懐刀であることには変わりがなく、これからも改革派を目の敵と狙う執政派の勢いはとまることはない。

そう判断した岸は倉前と逸見、それに塚本を連れて隠れ家から出ることを決めた。

「江戸の同志と共に、溜池の陽泉寺の別棟に移ることにした。愛宕下の大名小路だ。赤坂の中屋敷にも近い。あのあたりの方が町中より武士は潜伏しやすいのだ。船松町のこの家は残しておく。もう隠れ家としては使えないが、襲ってくる者もおらんはずだ。自由に使ってくれ。岡殿、おぬしの助力のおかげで倉前らを失わずにすんだ。とにかくやつの柔術は優れておるが、刀を一切とらないので相手は何度でも生き返ってくる」

そう岸九兵衛は和三郎に言い残したあとで、

「岡殿のような家臣が浅野家にほしい。これからも外国とのせめぎ合いが起こる。そのときにはおぬしのような肝の据わった侍が必要となる。いつか、きっと迎えにくる。そのときはよしなに頼む」

そういって頭を下げた。それはどういう意味だろうと和三郎はきょとんとした。

逸見がにやにやして傍に寄ってきた。

「おぬしはバケモンだな。それだけの傷を負っていながら、賊を三人も斬り殺してすずしい顔をしておる。いずれ手合わせを願いたいものだ。ただし竹刀（しない）だぞ。真剣はご勘弁だ」

倉前は和三郎の左肩を叩いていった。

「中村一心斎殿の道場はまだ見つからんそうだ。看板も何も出ておらんらしい。まず、肩と胸の傷を治せ。留守番に吉井を置いておく。天井裏にでも寝かせてやれ。飯はうねが引き続いて作ってくれる。それから儂はこれからもたびたび顔を出すことになる。おもんの身辺が怪しくなってきたので、匿うところが必要じゃ。ここでしばらく身を隠させることも考えておる」

家に残ったのはうねと吉井である。

下女部屋も含めてこの家には六部屋ある。吉井は倉前がいった通り、襲ってくる者に備えて、二階で寝泊まりするといったが、和三郎が反対した。二階は部屋というより天井裏そのもので、普段は部屋の隅で横倒しにしてある梯子を使って二階に上る。

しかし、天井は低くて腰を伸ばしては歩けない。火でもつけられたら逃げ遅れる。それより吉井はもう少し剣術の稽古をした方がよさそうだった。和三郎も江戸の道場を渡り歩くつもりでいるので、吉井には道場見学もお願いした。

色々と考えることがあった。

まず、和三郎が斬った三体の屍を、浅野家中屋敷の門前に放り出したことである。

当然、近所の者たちの噂にのぼる。

浅野家家中の内紛が表に漏れることを厭わないやり口は、国許にいる辻維岳や江戸の家老たちの最後の賭けとみることもできた。

幕府としては四十二万石を取り潰すことは簡単にはできないが、新たな火種を起こすことは避けたいはずである。

なんらかの働きかけが、幕閣の重臣より浅野家に下されるはずだ。その際、当主浅野斉粛は今中大学ら守旧派の重役を切ることができるだろうか。

浅野忠、上田主水、浅野豊後ら江戸重役はそこに最後の望みをかけていると、この家を出る前の晩になって、逸見弥平次はそっと和三郎に話してくれた。

四十二万石を棒に振ってでも、民のために新たな藩体制を作らねばと命がけになって働く者たちがいる。

一方、たかが四万三千石を己一人のものにするために、二百六十の家来、その家族、さらには民を路頭に迷わせようとする狂気の前領主がいる。それに追随してまで命を乞う家来がいる。

（今、うらにできることは何か）

和三郎は考えた末、倉前たちが去った翌々日の夕方、着流し姿で蠣殻町の土屋家中屋敷に出向いた。正面から名乗りをあげることはとてもできないので、内情を探る目的で、出入りしていた業者に声をかけて居酒屋に連れ込んだ。

「土屋家に仕官したいと思うておる。この屋敷を管理している田川源三郎というお方は、今でも用人待遇をされているとかで、力があると聞いた。何か手土産を持ってお願いに行きたいのだが、何がいいか」

といって、田川の家のことなどを聞き出した。業者は小間物などを扱う者で、田川家のことにはそれほど詳しくなかったが、中屋敷には土屋忠直様の正室、嘉子様がいることを教えてくれた。

「当主の奥方様が、蠣殻町の中屋敷におられるというのか」

「へえ、そうです。質素なお方です」

「では、嫡子の直俊君もここに移ってこられたのか」

「嫡子ですか。奥方のお子さんということですか。いや、知りませんな。最初から奥方様と付き添いの女中が四名で来られました。しかし、大名の奥方がわずか四人の付き添いとは少なすぎますな。そこいらの五百石の旗本と変わりありませんよ」

業者を帰すと、次に中間と足軽が二人並んでやってきたのを呼び止めた。

彼らは俗にいう渡り中間と足軽で、口入れ屋の口利きで、臨時に雇われた者たちである。軽輩の者ほど下卑たことには通じているし、小銭と酒でよく喋る。

「田川様はケチだ。茶の一杯すらおれたちには振る舞おうとせん」

「先々代から仕えておるし、相当貯め込んでおると聞くぜ。先代のときは側用人まで昇進したらしいぞ。家老もあの人の言いなりだ」

「側用人なら六百石か。じゃが娘は出戻りで、次は持参金が高くつくぞい」

「百五十石の江戸定府の者が、その出戻りの相手と目されておるらしい。徒士組頭とか聞いたがこれがえらい貧乏で、親の代からの借金が二百両もあるらしい。こんなところへ嫁いだら田川家も破産するぞ」

「じゃが、田川の息子がその徒士組にいるらしい。この縁談は田川家出入りの反物業者から持ち込まれたらしいが、田川の爺さんはその話に即座に飛びついたらしい」

「あの爺ィは食わせ者だ。中屋敷の蔵には千両箱がうなっていて、それを全てあの爺ィが管理しておるんじゃ。その気になれば銭などいくらでも持ち出せる。それだけの権力を持っとるやつじゃ」

そんな話を酒も飲まず、魚だけを食って和三郎は聞いていた。中間たちにはそれぞれに二朱銀をやった。二人は大喜びだったが、それだって一両の八分の一にしかならない。

和三郎は帰りに古着屋に寄って、きしゃご紋の単衣を買った。夏にはやったもので逸見の着流し姿を見るたびに、是非一度着てみたいものだと思っていた。買い求めたきしゃご紋は古着といってもまだ新しい物で、新品同様に一朱銀三枚をとられた。江戸弁を喋ってみたが、相手は田舎侍だと見切ってふっかけたようだ。やはり方言は一朝一夕には直らない。

湊橋手前の、箱崎町一丁目の路地を入ったところで口入れ屋を見つけた。逡巡したのは束の間で、このところ散財しているので四の五のいっている場合ではないと判断して、戸を横に引いた。

「ごめん」

そう挨拶して薄暗い土間に入ると、小机の前に座っていた小太りの五十絡みの親爺が小さく丸まった目をあげた。だが、じろりと和三郎を観察しただけで何もいわない。

「仕事を探しておる」

仕方なくそういうと、親爺は手許にあった帳面をめくった。やはり無言である。

「できれば道場の指南役などがいい。武田派一刀流をたしなんでおる。それから人足などの力仕事は駄目だ。旗本の侍の職でもよい」

「はあ」

最初に親爺が口にした言葉はそれだけだった。

「あるかの、そんな仕事が」

「どちらかの御家中のお方ですか」

「主人のある者が口入れ屋に来るわけがないだろう」

「では、どなたかあなたの身分を保証されるお方はございますか。大家か町役人、お寺さんでもありますか」

それは、といったきり和三郎は口ごもった。江戸で知っているのは芸州浅野家の反執政派の面々である。しかし、彼らに人物保証をしてもらうわけにはいかない。

「浪人の身でな。江戸では特に知人という者もおらん」

「そうですか。ですが、お上がうるそうございましてな。浪人様や流れ者、いわゆる町役人の人物保証がない人の斡旋(あっせん)は、してはならんというきついお触れがございましてな」

親爺は和三郎を全然気に入らなかったようである。

「さようか。ではいずれ家主の書付でも持って参る。ごめん」

ここは一応丁寧に挨拶を残して出てきた。親爺はひとくせもふたくせもありそうな様子で、陰ではお上に届けられないような怪しげな仕事の斡旋もしている感じであった。

(うらを茶店で襲ってきた五人の町人風の男たちも、こんな薄暗い口入れ屋から斡旋されたのではないかな)

そう思って戸を開くと、入れ違いに和三郎より怪しげな浪人風の侍が飛び込んできた。何気なく見ていると、これもあっさりと断られたようで憤慨した顔つきですぐに出てきた。すでに日は落ちていた。

和三郎は、彼を呼び止めた。

「妙な話だと思われるかもしれませんが、私は田舎者で、至急銭が入用になっておりましてな。実は特殊な口入れ屋があると聞き及びました……」

その浪人、九十九長太夫(つくもちょうだゆう)に和三郎はある頼み事をした。

「ほう、侍を狙う町人風の者たちがおるのか。それが商売になるのか。ぶっそうな世の中になったもんだ」

話を聞いて九十九長太夫はケッケと哄笑(こうしょう)した。それから和三郎の頼みを軽い感じで承知したが、和三郎はそれほど期待をかけたわけではない。ただ、怪しいやつのところへは、もっと怪しいやつが集まるはずだという思いが頭をよぎっただけである。

それから丸五日間は外に出ずに、撃剣の疲れを癒していた。すぐに連絡を寄越せと命じておいたはずの水ノ助は、その間、一度も顔を見せなかった。そういうこともあるだろうと、水ノ助に関してはのほほんと構えていた。

だが、早く沙那と会わなければならないと、焦る気持ちを抑えての五日間でもあった。

気持ちを陰鬱にさせていたのは、七歳の直俊君と沙那の状況だったのである。沙那は台所仕事をしているだけだから、敵方にとっては、和三郎をおびき寄せるための餌にしか過ぎないのだろうが、孤立無援状態に置かれている直俊君は誰かが護らなくてはならない。

将軍とお目見えできる日を待っているのが、直俊君を世嗣とする忠直様らの思いだろうが、それならばもっと強固な警備で固めなくてはならないはずだ。

そうしたくてもできない事情が、病気で臥せっておられるという忠直様側にあるのかもしれないが、側から見ると何ともやりきれない鈍重さである。

（まるで忠直様側の重役も、先代の忠国様側の奸賊も、直俊君が暗殺されるのを

待っているかのようだ)

そんな不埒な思いさえ浮かんだ。するとどうしても、まだ満足に体を動かすことができない自分に苛立つことになった。それに浅野家の賊どもを打ち倒すことができたのは、夜襲をかけてきた相手は殺戮しても構わない、という破れかぶれの思いがあってのことで、あの夜は腕が偶然動いたに過ぎない。

通常の立ち合いであったならば、体中の筋肉が強張っていたことだろう。しかも右腕はほとんど働きをなさない。左腕一本に頼っている自分は、まだ剣客とはいえなかった。

泥人形のような者を担いで水ノ助が現れたのは、倉前たちが去ってから八日目の晩である。最初にうねが悲鳴をあげ、吉井が走って裏庭に出ていった。

そこは倉前たちが即席に作った小舟用の船着場で、普段は葦に隠れている。逃げるには丁度よい場所になっている。

その晩、小舟に乗っていたのはかなりの老人だった。体を井戸で洗わせてから部屋に引き入れると、白髪は混じっているが、実際は老人と呼ぶにはまだ若い五十歳を過ぎたばかりの武士だった。

「提灯持ちと中間が一人ついておったが、打ち倒してやった。簡単なもんじゃった。威張り腐っておって、こいつを死ぬほどこらしめてやった。なに蠣殻町の屋敷から大川に出て、小舟で下ってきたらすぐここに着いたのじゃ」

水ノ助は荒々しい鼻息をたてて、早口でそういった。羽織をまとっている武士は、確かに半分気が遠くなっている。舌先が震えている唇から覗いているので、どうかすると水死寸前のようにも見える。

吉井がおろおろしてあたりをさまよっている。

「この武家は土屋家の者だ。ちょっとばかり責め苦を与えるので、叫び声がしても無用に願いたい」

そういうと吉井は不満気に頷いて廊下の奥に出ていった。和三郎は水ノ助を見下ろした。

「で、こいつが田川源三郎か」

「そうや。こいつがうらに岡さんを探し出せと命じたやつだ。たった銀五匁じゃ。えばりくさったやつじゃ」

「だが、こいつをこんな目に遭わせたことが露見すると、水ノ助は土屋家に出入りできなくなるぞ」

「なんの。田川を殺してしまえばそれまでじゃ」

水ノ助の形相が壮絶に思えた。こいつは相当の覚悟を決めておるなと和三郎は断じた。

「おまえもぶっそうな男になったな」

「岡さんを見習ったまでじゃ。うらはもう腹をくった。今後は決して岡さんを裏切らん」

偉そうにそういった。

「ではまず何故こいつがおれを探し出せと命じたのか、その訳を聞こうか」

「任してくれ」

水ノ助は肩に巻いていた縄をはずすと、さっさと田川の両足を縛って、天井の横梁から逆さに吊るした。

「おい、吐け。なぜ岡さんを付け狙ったのじゃ。誰に頼まれたのじゃ。聞こえておるのは分かっておる。吐け。吐くのじゃ。吐くまで吊るしておくぞ」

水ノ助は田川の耳に口を寄せて怒鳴った。

田川はあっけなく降参した。

「話す。何でも話す。下ろしてくれ。頭が血で溢れかえっておる」

田川は目玉を赤くひっくり返して悶絶(もんぜつ)した。

「何だ。軟弱なやつじゃ」

ぶつぶつ文句を言いながら、水ノ助は田川源三郎を縛っている縄をほどきにかかった。そうしながら泣き言混じりにいった。

「腹が減った。握り飯をくれ」

和三郎がさっそくうねに握り飯を頼んだのはいうまでもない。

十一

茶を飲んだ田川は少しの間、部屋の隅々を見回していた。

不意に顔を上げて和三郎を睨み上げたあとは、深いため息をついて畳に目を落としていた。

「岡和三郎殿。確かによう似ておる」

田川の一言はすぐに和三郎の琴線に触れた。

「誰に似ているというのだ」

「お父上様じゃ」

田川は足を崩して畳に尻をついている。水ノ助はその傍にいて、腰紐（こしひも）に差した小刀の柄に手を添えて田川を睨んでいる。

和三郎は立ち上がったまま、田川の次の言葉を待った。そうしていた方が田川が白状しやすいだろうと慮(おもんぱか)ったのではなく、和三郎自身が次に出すべき質問を口にできなくなっていた。

「無論、岡要之助(ようのすけ)ではない」

「………」

自分の父が実の父ではないというのなら、誰の子なのだ。父は誰だ、と思ったが和三郎は押し黙っていた。

「中村和清為善(ためよし)殿です」

そこでも和三郎は自分の意思で次の質問を思い留まった。その代わり、田川源三郎を正面から見据える形で座った。

予定していた質問を変えた。

「おれには佳代(かよ)という妹がいる」

「佳代様も中村和清殿のお子様じゃ」

「やけに詳しいの」

すると田川の痩せこけた頬に血が差した。細く皺に囲まれていた窪んだ眼窩(がんか)に、鷲(わし)のような鋭い目が光った。

「儂は義崇様に仕えておった。土屋家五代目の義崇様じゃ。最初、儂は小姓組におったのじゃ」

「…………」

「知らんのか、現領主土屋忠直様の祖父に当たるお方ですぞ。八十歳を過ぎた今もご壮健で、越前野山の北園荘にお住まいですぞ」

「…………」

「和三郎様の父、中村和清殿は、義崇様のご次男に当たられますのじゃ」

そこまでは想像しようがなかった。

「つまりおれの実の父は土屋家五代目の息子で、六代目直義様、死んで安光院となった直義様と兄弟というわけか」

「さようでござる。お父上は安光院様の弟君でござる」

けっ、と声をあげたのは傍にいた水ノ助だった。これ以上開かないほどに目玉を剝き出しにして和三郎を見つめている。

「つまるところ、あなた様は、土屋家の現当主忠直様と同じ祖父をお持ちなのです」

「つまり、忠直様、その弟の忠国様とおれは従兄弟(いとこ)同士というわけか」

「さようでございます」

冷静を装うには少々衝撃が大きかった。和三郎はそのとき一刀流の極意と言われた「払捨刀」という言葉を何の脈絡もなく思い浮かべた。身を捨てて敵の打ち間に入るという意味である。

「それでおぬしは、江戸家老どもの命令を受けておれを探っていたわけか。探るだけではなく、刺客を雇って殺そうとしたのもおまえの差し金か」

もしかしたら、おれは囮ではなく、最初から殺害の対象とされて敵側から狙われていたのかもしれない、という思いが和三郎の頭をよぎった。

目を白黒させた田川は、喘ぐように口を開いた。細い頬が伸び前歯を剥き出した様子は、円山応挙が画いた幽霊画のようにも見える。

「それはとんでもない誤解じゃ。儂は和三郎殿を殺せと命じたことなどありません。江戸に入ったと聞き及んだので、動静を探らせていただけでござる」

「よかろう」

ここで和三郎はあっさりと引き下がった。田川が心の臓を爆発させて死んでしまうように思えたからである。

「では何故親父殿は中村姓を名乗ったのだ」

「それは存じておらん。多分、そこらへんで拾った姓でござりましょう。和清殿は土屋家から離れたかったのだと儂は推察するが、本当のところは存じ得ない」

和三郎は慎重に質問した。

「では尋ねるが、親父殿は何故、土屋家から離れようとしたのだ」

そう聞く前に、田川の鋭かった目に灰色のぼやけた色が浮かびだした。和三郎は逝かせてはなるまいと、田川の両肩に手をかけて揺すった。揺すりながら、このやり方はかえってまずいのではないかと疑念が生じたが、止められずにいた。

「ご存知ないのか。和清殿は生まれて間もなく越後椎谷藩堀家一万石に養子に出されたのじゃ。和清殿は次男といっても脇腹であったので、義崇様はそんなことができたのじゃ」

「脇腹、つまり親父殿は妾の子というわけか」

おれと同じだ、と和三郎は思った。

「そうじゃ、側室のお子であった。越後堀家では領主式部少輔様が病気がちでな、和清殿はその後釜に据えられたのじゃ」

「後釜？　つまり親父殿は一万石の堀家の主になったのか」

一万石は最低ではあったが一応大名の位置付けに入る。

田川は咳き込んだ。その両肩を和三郎は押さえて聞いた。

「どうなんだ？　はっきりせえ」

ぜえぜえという喘ぎ声の合間に、田川はやっと言葉をつないだ。

「そうでない。和清殿は領主になることを拒んだ。領民に御用金や米租前納金を強要する執政に嫌気がさしたのじゃろう。財政は逼迫し領内が乱れたため、和清殿は自ら堀家を出た。いや、そう聞いている」

「聞いているのか。分かった。まだ死ぬな。もっと喋るのだ。頑張れ田川源三郎」

「式部少輔様は領主の座を養子に譲り、隠居してからは信濃国に五千石を賜った。領主の座を断った和清殿はその五千石をいったんは受け継いだ。だがすぐにそれを長男に譲ってどこともなく消えられたのじゃ」

　堀式部少輔から親父殿に五千石が禅譲され、それを長男に譲って野に下り、堀家とは無縁になったと田川はいっているのだ。

　それが事実なら、唐突に兄と呼ぶべき親族が一人増えたことになる。

「長男？　私の実の兄ということか」

「正妻のお子じゃ。和三郎様はその後できたお子じゃ」

「その後とな。うん、その側室というのは静という女か」

「そこまでは知らん。その後、堀家を正式に継いだのは松平和泉守の三男の直起近江守じゃ。本来であれば和清殿が堀家の当主になるべきであったのじゃが、自らその名を歴史から消したのじゃ。生きておれば五十歳半ばかの。多分、和清殿は元来剣の道に生きたかったのであろうな。む……む」

そこまでいうと、田川は昏睡した。

「む、で終わったか。水ノ助、おまえはこの爺いを少々いたぶり過ぎたようだ」

そういったが、水ノ助はまだ仰天した目玉を引っ込めようとしなかった。

「わ、分かっただ」

震える声でいった。

「何が分かったのだ」

「田川、いや、郡奉行の青池善左が岡様を付け狙っていた理由じゃ」

「おれは囮だ」

やはり囮にされたとしか思えない出来事の連発が、その証明だった。

「ああ、そうだ。最初は囮だったかもしんねえ。でも途中からこいつらの狙いが変わっただ。それは、岡様が土屋家の血筋につながるお方だと分かったからじゃ。

いやあ、とんでもねえお方にかかずり合ってしまっただ」

「不運であったな」

水ノ助は頭を振った。

「いんや、どん底を打ったら急に運が上向いてきただ。やっぱりうらは岡様についていく」

強い声を放っていった。

「命の保証はないぞ」

そういってから、和三郎は動悸が激しくなっていた胸を鎮めようと試みた。

(もしかしたら)

という思いが湧いている。それは仮に囮だとしたら、自分は誰の囮になったのか、という最初の疑問である。その答えを自分なりに考えてみたが、何も思い浮かばない。

ただ、殺す側の意図を探ってみると、そこにはとんでもない誤解か、突拍子もない答えに行き着くことに気がついた。

(親父殿はまだ生きているのだろうか。生きているとしたらどこにいるのか。母とうらと佳代を、岡要之助というたかが七十石の小納戸役に預けて、剣術の旅に

出たというのか)

叫びたい気持ちを抑えて、和三郎は地獄へ向かっているであろう田川源三郎の青い顔を眺め下ろしていた。

そいつが、親父殿にそっくりだ、と呟いた一言が胸に突き刺さっている。

第四章　反　撃

一

沙那が本所菊川町の土屋家下屋敷に来て、かれこれふた月になる。暑くて難渋していた気候も、八月も二十日を過ぎた今は秋風がそよぎ、そこに大川から届く江戸の匂いも混じっていて、どことなく華やいだ気持ちになる。

台風が二回来て、屋敷の瓦が飛んだり、庭木が倒れたりして、少ない男衆は大変な労力を使ったが、それも一段落して、だだっ広い屋敷には静寂が戻ってきた。

屋敷はおよそ二千五百坪の広さがあるという。こんもりと茂った樹木に囲まれた邸内は静か過ぎて、越前野山の山に囲まれた田舎(いなか)から出てきた沙那にしてもこわいくらいだった。

台所仕事は少しも苦にならなかった。女中頭のお富(とみ)さんも親切で少しも偉ぶったところがなく、国許(くにもと)を遠く離れた十六歳の沙那を、自分の娘のように可愛(かわい)がってくれた。

そのお富さんから土屋家の事情を時折耳に挟む度に、これは和三郎様にお伝えしなくては、と沙那は思って胸に刻んだ。

よく喋るのは五歳上のお蓮さんで、管理人の国分正興様がことあるごとに倹約しろというのは、土屋家が財政難にあるだけでなく、本人が根がケチに出来上がっているからだといって沙那を笑わせる。

そのお蓮さんが、小姓の沼澤庄二郎様と恋仲にあることは、沙那が気がついただけでなく、本人がペラペラと喋るからである。その沼澤様が心配しているのは、直俊君への警護があまりに薄いということである。

「ねえ、じいさんと中間一人、足軽と沼澤様だけしか直俊君を守る人がいないのよ。これはおかしいと沼澤様もいっていらっしゃるわ」

「おかしいって何がですか」

沙那も合わせて聞いてみた。

「直俊君に漢学を学ばせようにも師もいないし、書物もない。筆も古いものばかりだし、それに何より紙がないのよ。これって居候の扱いじゃないかって沼澤様は憤慨しておられるわ。国分様に申し上げても、全然耳を貸してくれないんだって」

お蓮には国許で土屋家が二つに分かれていることや、その周囲で次の世継ぎの座を巡って、様々な陰謀が渦巻いていることを沙那は伝えていない。はっきりとしたことは沙那にも分からないし、それらは岡和三郎様を通じて得た事柄だったからだ。

(岡様が江戸に来られたのも、単なる剣術修行ではない)

ということも沙那には分かっていた。和三郎の目を見れば理解できるのである。不安と心配する気持ちが混じった眼差し（まなざし）の背後には、土屋家に異変が起きつつあることをそっと伝えてくるのである。

兄が家で絶命したときも、上司である工藤四郎右衛門の態度が奇妙であった。家族以外には兄の死を固く口止めされたのだ。

数名の刺客の手にかかったこと、それが闇討ちであったことは、兄の腕前は藩内一、二といわれたほどであることから想像がついた。

今、沙那は兄に勝てるのは岡和三郎様くらいではないかと思っている。兄に下された命令が直俊君の警護であり、それは表向きのことだったのではないか、と感じるのも、直俊君よりもっと重要なことが土屋家家中では沸き起こっていると、漠然とその光景が見えてきたからである。

その直俊君は沙那に妙になついてくる。屋敷で一番若いせいもあるだろうが、剣術を習いたいとか、字を教えてくれ、論語を読んだことがあるか、朱子学とはどんなものなのか、と洗濯をしている沙那の隣にきて袖を引く。

「それは沼澤様にお尋ね下さい」

と沙那がいうと、おまえに習いたいと甘える。

この二日前には妙なことを呟(つぶや)いた。

「おうちに帰りたい。母様に会いたい」

それを聞いて沙那は胸が突かれる思いがした。直俊君が口にしたことを、沙那なりに新たな疑念として、この数日前から感じ出していたからである。だが、その疑念を口に出していってはならない。それは禁句だった。

岡和三郎が不意に屋敷に現れたのは、沙那が思い浮かべた疑念を、岡様に伝えていいものだろうかと考えていたときだった。台所を覗(のぞ)き込んだ黒い大きな影から、

「やあ、沙那さん、お変わりないか」

といきなり声をかけられた。沙那は腕に抱えた大根を落としそうになった。嬉しい驚きだった。

「いったいどうされたのですか」

「外に出て団子でも食おう。色々と話がある。ああ、ここの国分にはちゃんといってある。勘定奉行の森殿に密書を届ける必要があってな。それで来たのだが、あんな老人がお守りでは、直俊君も心もとないな」

ひと月ぶりに見る和三郎は快活で、編笠を取った肌黒い顔に張りがあった。なにより自信に溢れている。ひと回り大きくなったように感じた。

「それにしても広い庭だなあ。ここに館を建ててもよいくらいだな。さ、そのままでいいから出かけようでねえか」

「お待ち下さい。お富さまにお聞きしませんと」

屋敷勤めは色々と制約がある。町娘のようにすぐに外に出かけるというわけにはいかないのである。団子を食べに出るだけでも、普通なら数日前からお願いしておかなくてはならない。

「そうか。ではここで待っている」

台所口の前に佇んで和三郎はそういった。昼時がすんだ八ツ時（午後二時頃）

で秋の日差しが眩しいのか、編笠を被った和三郎は手をかざして周囲を眺めている。直俊君はお昼寝の時だった。

沙那はお富を見つけると、国許より許婚が参ったので少し話がしたい、といった。

「えっ？　許婚？　沙那さん、そんなお方がいらしたの？」

お富は声をあげた。その驚いた声を聞きつけたお蓮と女中の亀が、台所にすっ飛んできた。お富はさっさと和三郎の前に行った。

「あなたが沙那さんの許婚ですか？」

「はあ」

といって和三郎は編笠をかたわらに置いた。黒い目が照れたようにくるくると回っている。沙那は、許婚、といったことを少しだけ誇りに思った。

「沙那さんがそういったのですか。いや、困りましたな。私は岡和三郎と申します。直俊君を密かにお護りする役目を負っております」

きゃっ、と思わず声をあげそうになった。そんな大事なことを女中頭にこともなげに告白していいものだろうか、と沙那の胸が激しく脈打った。

しかし、お富さんは驚かなかった。むしろ満面に笑みを浮かべた。その堂々とした様子に年輪を重ねた深みが感じられた。

「わあ、男前ねえ」

お蓮が囁いた。

「背が高いし、あの方がここにいてくれたら心強いわね」

亀も沙那が許婚といったことも忘れて、いつの間にかしゃしゃり出て、和三郎の目の前でポーッと立ち尽くしている。沙那は胸の中で、洗いたての洗濯物がくしゃくしゃになった気がした。

あの方の良さは私が一番よく知っている、といいたかったのである。

「では、しばしの間、沙那殿をお借りいたします」

和三郎はお富と話がつくと、丁寧にそういって頭を下げた。沙那はお蓮に背中を押し出される感じで、和三郎の後ろについた。

書院の前を通って表門に行きかけると、沙那と呼ぶ声がした。みると、直俊君が廊下に佇んでこちらを見ている。

「沙那、どこへ参るのじゃ」

「はい。あの、ちょっと町家まで行って参ります」

「そうか。一緒にいる者はだれじゃ」

「岡和三郎様という方です。国許から来られた方です」

すると和三郎が進み出て、丁寧に頭を下げた。

「岡和三郎です。若君の護衛だとお思い下さい」

「護衛？　護衛とは何じゃ」

「お命をお護りする者です」

「われの命を、守る、と申したか」

「はい」

「われは命を狙われておるのか」

「その気配が窺えます」

大胆なことを、と沙那は驚嘆した。そんなことを直接直俊君に申し上げる者など、これまで存在したことがない。いたずらに直俊君を怖れさすことにもなりかねない。

直俊君は顔を俯けたまま力なく佇んでいる。顔を上げると今度は沙那の方をしっかりと見つめた。

「沙那、そちは存じておったのか」

「は、いえ、わたしはなにも存じません」

「うん、そうであろうな」

　そう呟くともう一度、直俊君は和三郎のほうに視線をあてた。幼い顔につぶらな瞳が浮いている。この方を殺させてはならない、と沙那は強く思った。

「岡、と申したな」

「はい。岡和三郎です」

「そちは強いのか」

「強いです」

　ためらわずに和三郎はそう答えた。直俊君の頰に赤みが差した。

「では、今日からここに住んでくれるのか」

　そこで和三郎は塀を背に建ち並んでいる侍長屋を眺めた。戸数は十以上あるが、使われているのはわずかに三戸だけだった。

「住むこともありますが、ほとんどは別の処(ところ)におります」

「それはなぜじゃ。なぜ、ここに住まんのじゃ」

「私は秘密の護衛です。影になって若君をお護りする身です。それに私がここにいてはかえって危険です」

「危険？　そちがここに住まいすると、われに危険が及ぶというのか」

「はい。若君だけでなく、私、岡和三郎を狙う者もおりますので、敵側の刺客が乱入することもあり得ます。それ故、私は別の処にいて敵側を引き寄せます」

「つまり岡は敵の的になるということか」

和三郎は黙って頭を下げている。

なんという利発な若君だろうと沙那は感激していた。直俊君がこれまで沙那に甘えるそぶりは見せても、世嗣（せいし）らしい威厳のある言動はとったことがなかったのである。

「分かったぞ。たのもしい味方が増えた。岡、よしなに頼む」

廊下に佇んだ直俊君は、そういって笑みを浮かべた。沙那は思わず涙ぐみそうになった。本当に直俊君の命を奪おうとする者がいれば、たった数名の男だけで防ぎきれるものではなかった。和三郎が助けに入っても、大勢の刺客を前にしてはどんなに奮戦しても、直俊君を守りきれるものではない。

それは和三郎の命が絶たれることを意味していた。

（兄のように……）

沙那の体を寒気が貫いた。

和三郎は直俊君に頭を深々と下げると、前を辞した。それから沙那の先に立って足早に歩きだした。

二

下屋敷からそう遠くない、南本所番場町の大川沿いに茶屋を見つけて入った。表で豆腐の田楽を焼いていた。

茶屋からは多くの人が行き交う大川橋が望めた。駒形堂からの渡し舟は、十名ほどの町民を乗せて東側に着く。その客もこの茶屋に入ってくる。葦簀張りの簡易な茶屋であったが、客の出入りは多いようで、一つの縁台を四つの尻がくっつきあって座っている。

「奥の部屋を使いたい」

そう和三郎が茶屋の女にいうと、女は眉間に皺を寄せてあから様に嫌な顔をした。

「心づけは弾むぞ」

そう和三郎が小声で囁いた。女は不承不承頷いたが、若い侍がいったことがまだ信じられないようだった。沙那は和三郎がこの二ヶ月の間に、すっかり江戸慣れした武士に変貌していることに驚きを持った。

（わたしが大根を洗っているうちに、この方はどんどん大きくなっている。そして、どんどん危険な方に向かっている）

「うまい団子はなさそうだな」

小座敷に落ち着くと、和三郎は脇に差していた両刀を抜いて、かたわらに置いた。それが和三郎の左側に置かれたことに沙那は気がついた。

「右側に置くべきであるのだが、なんせ右肩が故障しておってな。それにいつ何時、襲われるか分からんからな。無礼を許してくれ」

「右肩が故障ですか。まだ治りませんか」

ひと月前に会った時も和三郎は右肩をさすっていた。怪我をしているのは分かったが、その理由は聞いていなかった。

「治らんなあ。なんせ、骨が砕けていたそうじゃ」

そこへ女中が入ってきた。和三郎は沙那に何でも頼めといったが、ここは焼き豆腐が名物らしいので、それを頼んだ。

「私も焼き豆腐を頼む。それから草餅もあったな。それも頼む。あと、ほかに何か名物はあるか」

「うちでは京から虎屋の羊羹を取り寄せていますのさ」

「ほう、虎屋とな。ではそれを二人分頼む、それから……」

といって、和三郎は巾着から一朱銀を取り出して女に手渡した。女は急に愛想がよくなった。それは焼き豆腐と草餅、虎屋の羊羹を一度に運んできたときも続いていた。

「どうぞ、ごゆっくり。誰にも邪魔させませんから」

そうしなを作って出て行った。どうしてこの方はあんなにたくさんのお金を持っているのだろう、と今更ながら沙那は不思議に思った。

「お預かりしている三十両の金子のことですが」

「いや、それは沙那さんに渡したものだ。もし国に帰るようなことがあれば、それを持って旅に出て欲しい」

焼き豆腐をはふはふと食べながら、和三郎はいった。なんでもないようなその態度がおかしかった。

「ご修行中の岡様が、どうしてあのような大金をお持ちなのですか」

思い切って聞いてみた。沙那としては相当勇気のいる質問だったが、和三郎の答えはあっけなかった。

「それは箱根の湯本で、盗賊どもを退治したお礼にもらったものだ。江戸でも盗賊退治をして礼金をもらいたいものだと思うておる」

　その答えに本音が含まれているのが感じられて、そのさっぱりとした態度に改めて好感を抱いた。沙那はそれほど空腹ではなかったのだが、膳に置かれた焼き豆腐をさっさと食べた。和三郎は虎屋の羊羹に齧り付いている。

「勘定奉行の森様への密書を送ると、先ほど申されておりましたね」

「うん、申した」

「密書とは何でございますか」

「なに、密書といっておけば、国許に戻る者が大事に運んでくれることになっておる。飛脚を使えば二両はかかるからな。森様は吝いお方なのじゃ」

　虎屋の羊羹のおいしさが沙那にも伝わって来る。和三郎の顔つきが柔和になっている。まるで赤子のようだった。

「大事なことが書かれているのではないのですか」

「たいしたことではない。江戸にある剣術道場の様子を記したものだ。それも千葉周作先生の玄武館、斎藤弥九郎先生の練兵館、桃井春蔵先生が開いた士学館と、心形刀流の伊庭道場に通う者たちのことを書いただけじゃ」

「その四つの道場に行って、門弟の方と手合わせをなさったのですか」

「いや、どこも行ってはおらん。別の者に行かせた。といっても入門したわけではない。見学だけじゃ。うらは肩をやられていたからな」

一時は右の肩が沈んで見えるほど均衡が崩れていた。

「どうして肩を痛めたのですか」

「うん、それは果たし合いをしてやられたからだ」

仰天した。こともなげに言うことではないはずだった。

「大川平兵衛という者を知っておるか」

「存じません」

「大川道場の跡取りだ。国許にいるより江戸におることの方が多いようだ。というより江戸定府に近いようや。沙那さんを料理屋に置いて江戸に入った日に、西本願寺で出会ったのが大川じゃ。その場で果たし合いを申し込まれた。で、やられたというわけだ」

「でも、どうして果たし合いなどされたのですか」

「大川はグチャグチャいっておったが、うらにはよう分からん。いや、今となっては推察もできるのやが、それでもよう分からん。要するに大川道場の師範と剣の師匠であった秋山要助に傷を負わせた者がおり、それがうらの縁者だと大川は邪推して恨みを持ったものらしい。それで西本願寺で偶然うらを見つけて、とっさに果たし合いを申し込んできたものらしい」

虎屋の羊羹を食べおわるとお茶をおいしそうに飲んだ。飲み終わるとにこりと笑った。沙那には和三郎のいったことの意味がよく分からずにいた。その大川平兵衛という者は、和三郎様の縁者に恨みがあると言いながら、その実、兄を暗殺した者と同じように、刺客の役を果たすつもりではなかったのか。

「あの、ひとつお伺いしたいことがございます」

「仇討ち（あだうち）のことか」

沙那の質問を予期していたように、和三郎はすぐに応じた。

「はい。顎に痣（あざ）のある男のことでございます。岡様はあまり外出をできなかったようですので、まだ見つけておられないとは存じますが、組頭の工藤四郎右衛門様より、その後どうなったのか、岡の探索は進んでおるのか、という問い合わせが二日前にございましたので」

届けてきたのは、国許から上府してきた元締め吟味役の戸川熊之助（とがわくまのすけ）で、馬廻り（うままわり）組頭から預かってきたという封書を下屋敷に持ってきた。

その際、沙那の顔と体を舐（な）め回すようにしげしげと眺めた。その目つきがひどくいやらしかったので、まるでゲジゲジのような男だと不快感を抱いた。

戸川熊之助は屋敷内を油断のない目つきで散策すると、返答はどうじゃ、必要なら届けてやる、といったが沙那は断った。文面には、岡との縁談を進めているので、早々に片をつけて、岡和三郎と共に越前野山に戻るようにと、書かれてあった。

その早急さに疑問を持った。これは原口家が婿を迎える話ではなく、何がなんでも岡様を我が手の内にいれようと画策するものではないのか、と思うようになった。江戸にいるふた月の間に、沙那も土屋家に漂う不穏な動静がそれとなく嗅ぎ取れるようになっていた。

「そうか。馬廻り組の組頭がそんなことを書いてよこしたか」

「はい」

ではいってしまおう、と口を開いた和三郎は、その深刻そうな顔つきとはまるで無縁のほがらかな声でこういった。

「仇討ちはもうすんでおるのじゃ」

「えっ？」

「浜松でな。飯塚という刺客はどうやら郡奉行の命令で働いていたらしい。うらは銃で狙われたこともある。もっともやられおったのは別の武士でな。たまたまうらの前を歩いていたのじゃ。いやあ、運の悪い人もおるもんじゃのう」

ははは、と乾いた声で笑った。

「どうしてそのことを、以前お会いしたときにおっしゃらなかったのですか」

「飯塚は単なる殺し屋だ。仇討ちというより、これは土屋家家中の勢力争いじゃ。いわば政争だ。うらも原口さんも、それから沙那さんまでそれに巻き込まれ、利用されたに過ぎん。飯塚を殺ったからといって解決というわけではないんじゃ」

たしかに、と沙那は心の内で頷いた。

「では、工藤様には何と返事をしたらよいのでしょう」

「そうさな。鋭意探索中とでもいっておくさ。おかしいとは思わんか。馬廻り組は勘定奉行の配下になる。郡奉行もそうじゃ。その勘定奉行の森様からうらは脱藩して江戸へ行けと最初は命じられたのじゃ。あやつは権力のある方にはけろりとしてなびくやつじゃ」

和三郎の話は理解できるが、では、わたしの思いはどうなるのだろうと沙那は心配になった。

四十俵に加えて付けられたおみやげみたいな存在なのだろうか。上役の計略はそれでよしとしても、気になるのは快活に喋っている和三郎の本心だった。

沙那は苦心惨憺して、越前野山から江戸に来た二十日間を思い出して、切なくなった。暗くなった山中で狼の鳴き声を聞いた時の恐ろしさ。昼日中だというのに、山男二人から襲われそうになったこと、少ない路銀を工面して木賃宿を泊まり歩いた心細さ。

それもみな、江戸に行けば、岡和三郎様にお会いできる、という思いがあったから我慢できたことだった。

仇討ちを果たして許嫁として国許に帰る、といったときだけ、和三郎様は照れくさそうにしていたが、それも今は昔の感がある。この方の気持ちは、最初からわたしなどには向けられたことはないのではないだろうか。

「なに、連中の目的はうらを越前野山に戻して、四十俵で領内におとなしく縛り付けておくことなのだ」

沙那は胸元で風車がくるくる回る音を聞いたような気がした。

「飯塚の屍体が浜松の神社の境内からみつかったことは、もうとっくに連中の耳には届いているはずだ。仇討ちを果たしたらすぐに戻ってこいなどと、片腹痛いわ」

では、自分はここで何をすればいいのか。岡様を許婚と思い込んでいたわたしは、ひとり芝居を演じていただけだったのだろうか。

（いったい、どうすればいいのだろうか）

「直俊君はいい若殿だな」

話題が変わった。

「はい、いい若様です」

和三郎に合わせてそう答えた。

そこで沙那は思い切って虎屋の羊羹に手を出しかけたのだが、和三郎がじっと見つめているので、それを途中で諦めざるを得なかった。悔しいと思った。

「なんとしても直俊君を護らねばならん」

そう和三郎が言い出したので、ここで聞いておくべきだと決断した。胸に宿っていた不安が一気に噴き出てきた思いがする。

「直俊君のお命を狙う者があるというのは、本当のことなのですか」

「残念ながら本当だ」

「誰が狙っているのですか」

「うん……」

と呟いて両腕を組むと、和三郎はいかめしい面構え(つらがま)になって沙那を睨む(にら)ようにした。

「沙那殿は国許で今、ふたつの勢力が分かれて敵対し合っているのをご存知か」

「忠直様側と先代の忠国様側ということですか」

「切り詰めていえばそういうことじゃ。つまりお家騒動だ。世継ぎを狙って、よからぬことを企む(たくら)連中が、寄り集まって悪事の相談をしておる。それが実行されようとしている」

「それは兄上の死とも関係することですか」

「そう、兄上の殺害が露見したことが発端だ。その前に江戸に上ろうとした武田道場の師範代、岩本喜十殿も笹又峠で殺されおった。お上の近習役をしていたお方だ。腕も立った。不意打ちを食らったのじゃな」

あの、とそっと口を開いたのは、今をおいて、自分が抱いてきた疑念を、打ち明けるときがないのではないかと沙那が思ったからだった。

「こんなことは軽々しくいうべきことではないかもしれませんが、岡様には申し上げておきたいことがございます」

「うん、それは何じゃ」

「若君の直俊君は、身代わりではないかという疑念です」

「おお」

和三郎は腕を解いて上体をせり出した。いかつい顔が迫ってきた。

「そうか。そういうことであったのか」

和三郎は何か思い当たることがあったらしい。大きく頷いて、うん、うんと唸っている。

「つまり替え玉か」と呟いた。

少し悲しげな陰が漂った。

「敵の的になるということだ。昔から大将には数名の替え玉、つまり影武者だの、そういう者がいたというが、幼児に対しても同じことが行われておったとは、誰が仕組んだことにせよ、むごいことだ」

懐手にして和三郎は俯いている。涙ぐんでいるようにも沙那には見えた。

顔を上げた時には、緊張した表情に戻っていた。

「それが事実だとすると、本物の直俊君はどこにおるのかの」

「それは分かりません。もしおられるとすれば、蠣殻町の中屋敷ではないのですか」

「どうも、それがそうではない。よし、田川源三郎を死ぬほど折檻して白状させてやろう」

憤りを込めて和三郎は歯を食いしばった。田川源三郎は五代目領主義崇様の側用人として権力をふるったお方だ。忠国様が領主のときは用人として重役におり、現在も尚、中屋敷を管理する用人として相変わらずの権勢を誇っている。

和三郎は首を傾げた。

「田川様を？　そんなことができるのですか」

「ああ。昨夜はとことん首を絞めてやった。うらに関してはおおまかのことは吐いたが、肝心なことを聞き出す前に気を失いおった。しかし、あの失神も芝居ではないか、とうらは思っておる。あいつは表面とは裏腹に、実体は相当腹黒い」

「ど、どうして田川様を、そんなことがおできになる……」

「いや、なに、私の手下が田川の隙を見計らって拉致したのじゃ。今朝からあやつは例の浅野家の秘密の隠れ家の庭に吊るしてある。手下が両腕を開いて杭にくくりつけ、足を縛りおった。そう、まるで基督のようにな。キリシタンが見たら目の玉をでんぐり返して驚くであろうな。幕府の目付の手下が色めくかもしれんなあ」

沙那は混乱した頭を整理するのに少々時がかかった。

この人は……と呟いた。

（わたしが思っていた以上に、とんでもない人なのかもしれない）

平然と草餅にかぶり付いている許婚と称される男を眺めながら、敬愛とも畏怖とも驚嘆ともつかない思いを抱きながら、沙那はそうあきれていた。

和三郎が草餅を食い終わるのを見て、沙那は虎屋の羊羹はあとみっつ増やしてもらって、みんなに持って帰ることにしようと結論づけた。少しすっきりした。

三

隠れ家に戻ると、庭に面した廊下に浪人が座っていた。和三郎を見るとにやにやとした。痩せた頬に張り出した頬骨が随分尖(とが)っている。浪人という者は、どうやら頬が尖る傾向にあるようだと思いながら、和三郎は浪人、九十九長太夫に近づいた。口入れ屋で出会った時、九十九にはこの家の場所を教えておいた。

「随分風流なものを立てておるな」

目の前には、手足を杭に括(くく)り付けられて、ぐったりとしている田川源三郎の姿がある。

「何者じゃ、こいつは」

青い目を向けて九十九は聞いた。

「おれを殺そうとした者じゃ。今、黒幕は誰かと詮議中だ」

「詮議というより地獄責めじゃな」

それから、まあよい、おぬしにも色々と事情があるようだ、と呟いた。

「いい金になる仕事の口がかかった」

「ほう、それはありがたい。なんでもやるぞ」

「殺しでもよいか」

「望むところじゃ。相手は誰じゃ」

「それが三人いる。いずれも手練(てだ)れじゃ」

「武家者か」

和三郎はむつかしい顔をしたようだ。盗賊なら斬ってもいいが、武家となるといくつか差し障りが出てくる。

「そうだ。だが、儂(わし)ら二人では手に余る。というより、ハナから五人ほど殺しを稼業とする者がいたようだ。そいつらが腕の立つ侍をもっと集めてくれと口入れ屋に申し込んだようだ。もっとも口入れ屋といっても町人や女が入り口で順番を待つような正規の口入れ屋ではない。裏稼業専門だ。そこで仕事をしたことのある者から、儂は頼まれたというわけじゃ」

「なるほど。それで相手は誰だ」

「それはまだ明かしてもらえん。明後日、両国広小路、薬研堀キワにある安井という旗本屋敷の離れで会うことになっている。そこで一同が集合というわけだ。頬被りをしていった方がよいかもしれんな」

「頬被りか。それは何故じゃ」

「まだ報酬額を聞いておらん。事と次第によっては断ることもある。それで恨みを買っては、却ってこちらが狙われる側になるかもしれんからな。身元はなるべく明かさん方がよい」

そういうことか、と和三郎は思った。仕事をするということは、そこまで用心深くならなくてはいけないのだと思い知った。今までの自分はただ単に勢いで攻め込んでいただけだ、何の作戦も立てていなかったと恥じた。

「それで、望みの報酬はいかほどだ」

「相手が手練れの三人というのは尋常ではない。お家騒動だな」

「お家騒動？」

今、江戸でかなり派手に動き回っているのは、岸や倉前を始めとした芸州浅野家の改革派の面々だけだ。この家にも一人いる。

「そうだ。お家騒動だ。旗本の後継争いにしても四、五百石の格式のある家に違いない。そうなるとおれの取り分は、最低でもこれはもらう」

九十九は指をみっつ立てた。

「三千両か」

「おいおい、無茶をいうな。おぬしはたががはずれておるな。三十両だ。それだけあれば二年は食える」

存外九十九は質素な暮らしを望んでいるようだ、と和三郎は思った。

「明後日の五ツ（午後八時頃）だ。八月二十五日だ。安井家だぞ、大丈夫か」

「江戸には不案内でな。少々心もとない」

「仕方ない、儂が案内してやる。それまでここで待っておれ」

顔に似合わず、九十九は親切なやつのようだった。

半時（約一時間）ほどすると、どこに行っていたのか水ノ助が息急き切って井戸端に駆け込んできた。生水にもかかわらず、平気で飲んでしまうところが越前野山の山育ちらしい。江戸の者は長屋住まいでも、いったん井戸で汲(く)んだ水を、沸かして冷ましたものを飲んでいる。

「とんでもないことを聞いてきましたぜ。国松君は国許にいるんじゃねえ。生まれてこの方、ずっと上屋敷で暮らしているそうですぜ」

部屋に飛び込んでくるなりそういった。寝転んでいた和三郎は飛び起きた。

「なんだと、それはまことか」

「へえ、うらも驚いただ。いや、大川道場にいた同門が屋敷で働いているんじゃが、そいつがいうのだから間違(まちげ)えねえ」

「国松君がずっと江戸に……」

それはどういうことだと考えた。先代の忠国様が、側室にできた嫡子を次の土屋家の家主にと望みを託すのは分かるが、領主を退いた今も、伜(せがれ)を上屋敷に住まわせているのは尋常なことではない。家臣の娘や妻に手をつけて回っていた当時の、変態殿だけではすまされない話である。

「そればっかでねえんで、国松君を産んだ側女(そばめ)ちゅう母親も、一緒に上屋敷に住んでるそうなんじゃ。こんな話があるけえ、では、いってえ殿様はどちらなんじゃ、ちゅうことになるでねえか」

その通りだ、と和三郎は思った。これではどちらが領主だか分からない。それを知っていながら、黙って忠国に従っている江戸の家老どもは一体土屋家をどうするつもりでいるのか。

（これは恐怖政治だ。家老を始め重役どもは、忠国の狂気に飲まれて萎縮せざるを得なくなっているのだ。そうでなければ、大枚の賄賂で心身共に縛られているのだ）

長い間、江戸の土屋家は平安が続いている。重役にとっては幕府から命じられる干潟の干拓や、堤防工事で、大金を投じざるを得ないことが第一の心配ごとで、第二は参勤交代に必要な出費を捻出することだろう。

それだって、農民から絞り出し、中級以下の家臣の俸禄（ほうろく）を借り上げてしまえばいい。あとは取引先の商人から適当に賂（まいない）を受け取れば、家内は安全である。

そこへ忠直という民百姓を大事にする領主が現れた。重役どもは大慌てで、なんとか今まで通りの汚れた水に戻そうと、貧しい頭を寄せ集めて権力甘受の相談をする。

その結論は簡単だった。前領主の野望を現実のものにさせればいいだけなのである。何も農民や家来のことなどで頭を痛める必要はない。

元来、家来は余っているのである。ささいな不祥事でも、事件を起こした者が家に出れば、閉門にして石高を半減する。耐えきれなくなった者は逃散する。場合によっては家禄を召し上げて、廃嫡にして追放する。これで穀潰しの家来が減る。

大事なことは、土屋家本体を幕府の取り潰しに遭わせないことである。それには権力のある老中を、賄賂でこちら側につけてしまうことだ。

そう相談がまとまってしまえば、あとは反対する邪魔な者を片付けるだけである。つまり忠直の執政を支えようとする者どもである。それにはいくらでも金を遣ってもよい。商人から借金をしても後で返せばよい。

まずは蔵屋敷をかたにしてでも借金をする。いざとなったら蔵屋敷に蓄蔵してある米を担保に出した米切手を、商人から取り上げてしまうことだってできる。蔵屋敷ごと売り払うことだって可能だ。米切手を持っていた商家は潰れるが、土屋家は残る。

金ができたら、忠直派勢力を潰しにかかる。必要とあれば殺し屋を雇う。剣術に不出来な家来を遣うより、金で殺しを引き受ける専門家の方が後腐れがなくてよい。

邪魔者を排除してしまえば、重役の地位は安泰で家屋敷も残る。自分たちさえよければそれでいいのである。亜米利加から真っ黒い船が来ようが、越前野山には関係がない。江戸幕府が崩壊しても土屋家の領地は残る。

和三郎が考えていたのは、そういう重役どもの幻想に対して立ち向かう方法だった。なんのために、勝ち目の薄い、そんな無茶なことをするのか。

(あの直俊君を護るためだ)

和三郎は水ノ助を睨んだ。

「水ノ助、あの爺いから先ず金を引き出すんだ。屋敷に隠してあるはずだ。吐くまで好きなだけ痛めつけてよいぞ」

(何をするにしても軍資金が必要だ)

和三郎の計略は泥臭いやり方から始まった。

呼応する水ノ助の動きは早かった。田川源三郎を縛り付けてある杭から引き上げると、青息吐息の田川を庭に転がしてぽかぽかと殴りだした。田川の呻き声だけが響いてくる。

「ゼニはどこだ。どこに隠してある。吐け。吐かねえとこのまま殴り殺すぞ」

田川は口を半開きにしているが、何も語ろうとはしない。そこで和三郎は、待ったをかけた。それから田川を部屋に引き上げるように水ノ助にいった。

「田川、筋違橋門内の屋敷には、生後ずっと五歳になるまで国松君が暮らしているそうだな」

「う」

「そうなんだな。つまり、おぬしらは国松君を次の世継ぎにしようと企んでいたわけだな。忠国の野望に火をつけたのはおぬしら重役どもだな」

「う」

田川の唇の脇から涎が垂れた。

「そういうことだな。ではもう一つだけ聞く、おぬしらの企みに反対した重役は江戸の屋敷にはおらんのか」

「お、おる」

「ほう。おるのか。骨のあるお方だな。その人物とは誰だ。教えてくれ」

「む、む……」

「む? むのつく重役はいないはずだがな。白井貞清、黒田甚之助、側用人の井村丈八郎。これはもう老人で引退間近だ。中老で用人も兼ねる辻伝士郎、それから誰であったか」

白眼を剝いて田川は和三郎を睨んだ。まだ死ぬ気はないらしいと感じた和三郎は、別の質問に切り替えることにした。

「無駄か。ではおぬしの娘、えーと絹と申したかな」

「う」

田川は首を上げようともがいた。和三郎は水ノ助に田川の首を支えるように命じた。すると首から上だけが、恐ろしい形相になって和三郎を睨みつけている。憤怒の典型的な顔だった。ここで責めれば、相手の怒りは頂点に達し、その勢いで田川の精神はポキッと音をたてて折れると計算した。

「絹殿の縁談がまとまるそうだな。相手はえーと、徒士組頭の蓮田と申したかな」

「ううー」

「そうか、蓮田東太郎であったな。これがひどい貧乏で借金が二百両ある。おぬしの娘の持参金をこれの返済に回すつもりらしいな」

「やめ……ろ」

「ダメ」

「む、むだ、じゃ」

「殺してやる……」

田川の眼が血走った。

「絹殿は出戻りという話であるが、それだけではなかろう。おぬしが是が非でも縁談をまとめようとするのは何故だ」

「き、貴様を絶対に殺して……やる」

「そうか、あの色狂いの殿のお手がついたのか。しかし、当主の座を追われ、それで絹殿も実家に戻された、そうか」

「や、やめろ……」

「そして娘をいったん嫁がせ、あわよくばもう一度忠国の妾に帰り咲かそうとしたのか、それとも婿の蓮田東太郎を昇進させるつもりだったのか」

田川の目玉が一回り大きくなり、皺が伸びた。その眼から赤い涙が流れ落ちた。

「泣いてもダメだ。おぬしがこれまでやってきた悪行に比べれば、娘の縁談が壊れるくらい何だ。おぬしのおかげで何百人の民が貧困に喘ぎ、娘を売ったと思うておるのだ。絹殿の縁談はおれが壊してやる。それとも持参金の二百両を寄越すか」

「う」

「そうか、寄越すか。では水ノ助が屋敷までお供する。駕籠を用意するから待っておれ。それから最後に、忠直様に味方するたった一人の重役の姓名を教えてくれ。ここにも味方がいることをお伝えせねばならんからな」

すると田川の目玉に火の玉が上がり、薄い唇の脇がつり上がった。それはいかにも不敵な笑みに和三郎には思えた。

四

田川にはそういったが、和三郎は田川を乗せた駕籠の脇について蠣殻町の中屋敷に入った。門番には堂々と田川様の駕籠であることを告げた。広大な屋敷の割には人影は少なく、男より女中の姿が目立った。

田川の住む組屋敷はその広い敷地の中でも特別な設えになっていて、江戸でも千石取りの旗本並みの壮麗さだった。瓦屋根が秋の日差しを受けて、橙色の照り返しを送ってくる。

式台から屋敷には上がらず、脇玄関から入った。庭先に丁度よい枝ぶりの銀杏の木があったので、水ノ助と一緒に田川の両腕を縛りつけてそこに吊るした。痩せた年寄り蛙のように、青白いものがそこに出現した。あとは中屋敷の蔵にしまってある小判を取り出すだけである。

「今、絹殿を連れてくる。水ノ助、おまえは徒士組頭の蓮田東太郎を探してここに連れてこい。忠国のお手つきの娘は蓮田にはやれないと申すのだ」

「へえ」

水ノ助は和三郎のいうことをまともに受けてすぐに飛び出そうとした。「待て」という嗄れ声がかかったのは、その直後である。

「よし待ってやる。金蔵にある忠国から預かった軍資金を全部出せば、おぬしの命も保証してやる」

「わ、分かった。おぬしには負けた。金蔵の鍵は儂の書斎の書棚の中、黒い木箱に入っている。ゲエーッ」

田川が最後に喚いたのは、和三郎の抜いた小柄の先端が、田川の脊髄を突いたからである。

「そこは盗人用の仕掛けがあるところだ。それで死ぬことはないが、死ぬ以上の苦しみを味わうことになる。おれは嘘つきは嫌いだ。やはりおぬしは嘘つきだな。よし、絹殿にこの親父の無様な姿を見せてやろう」

「待て、ここにある」

「どこだ」

「ふぐりの裏に貼り付けてある。それが最後の鍵じゃ。最初の鍵は書斎の柱にある一輪挿しの中に隠してある……」

「ふぐり？　汚ねえ爺いじゃ。よくぞそんなところに隠したものじゃ」

水ノ助が渋い顔をした。和三郎はその長い顎に向かって、

「おまえが取り出すのじゃ。田川の褌(ふんどし)を取れ」

と命じた。和三郎はさらに畳み掛けた。

「金蔵はどこだ、屋敷のどこにある」

「か、金蔵は白書院の前の廊下を突き当たった壁の裏にある。仕掛けで壁が回るようになっている」

「その仕掛けを聞こうか」

和三郎は田川の口元に耳を寄せた。それからゆっくり頷くと、田川のみぞおちを刀の柄で思い切りついた。

その一撃で田川は沈んだ。

（うらも相当悪い）

「じゃ、見張っておれ。何、この爺いのそばでうろうろしていればそれでよい。大八車が必要なくらい千両箱を探してくるぞ」

そういって和三郎は屋敷の奥に入った。

五

あとに残された水ノ助が、しばらくするとお女中に呼ばれたので恐る恐る奥に行くと、二人の侍が失神している脇に、四箱の千両箱が積まれているのを目撃した。和三郎がその内のひとつに腰を下ろしてにやにやしている。水ノ助の腰が砕けた。

その後、和三郎が行ったのは、蠣殻町の中屋敷からほど近い、内神田高砂町（うちかんだたかさごちょう）にある両替屋である。そこは質屋も兼ねた店で、菰（こも）を掛けた大八車から四つの千両箱が現れたのを見たときは、現金を見慣れているはずの両替屋の番頭も腰を抜かしそうになった。

それみたことかと、水ノ助は笑っていた。

両替屋の主人となにやら相談していた和三郎は、手形のようなものを数枚受け取ると、代わりに大八車から三箱の千両箱を下ろした。軽くなった大八車を押して、水ノ助は和三郎に付いていき、今度は堀にかかった高砂橋を渡って、両国広小路の方に向かって歩いた。

村松町三丁目の路地に入ると、商店は消えて住宅が続く静かな町並が続いた。和三郎は一軒のしもた屋を見つけると、木戸を開けて飛び石の庭を歩いて案内を乞うた。小女が出てくると、

「ここは末松検校のお宅か」

と聞いた。それから中に招き入れられると、すぐに出てきて、

「水ノ助、千両箱を運び込んでくれ」

といった。指示通りに水ノ助は千両箱をしもた屋の玄関まで運んだ。和三郎は水ノ助に向かって、腕を振り、そこで待っておれといった。いわれた通り待っていると、小半時ほどしてなにやらすっきりした様子で出てきた。スタスタと歩く和三郎の足の運びは速く、追いつくだけで汗をかいた。

「検校って盲目の按摩のことじゃよね。なんでこんなところに来たんや。千両箱は両替屋に預けるんじゃないんか」

水ノ助はそう尋ねた。どうも和三郎のやることが分からない。

「おまえは知らんだろうが、検校は最高の位なのだ。ま、目付並だ。目付は幕府に十人しかおらん。検校は金貸し業を幕府から正式に認められておるんじゃ。両替屋に千両箱を預けていても、何の利子も生まんからな」

そういってから、そうだ、といって懐から包みを取り出した。

「これまでの手間賃だ。よくやってくれた。もうどこに行ってもよいぞ。その金を持って母者のところに帰るのもよかろう」

そういって、水ノ助に五十両の金包みをふたつ差し出してきた。嬉しい驚きで水ノ助は息が詰まった。

「ただし、おれを密告するなよ」

ニヤリとした。水ノ助は怖気(おぞけ)をふるった。この人は本当にやばい人だと知っている。自分ほど、この人の恐ろしさを知る者はいないはずだった。

「密告なんてとんでもねえ。うらはまだ岡様に付いていくんじゃ。百両は為替にしてお袋に送るじゃ」

水ノ助の目から涙が落ちた。

「ほう、そんな手があるのを知っておったか。しかし、向こうでは為替の扱い方など分からんぞ。屋敷に潜り込んで、大川道場の者にでも預けて届けてもらった方がいいぞ」

水ノ助はこっくりと頷いた。確かにその方がいいと思えたのだ。それに新しい情報が入るかもしれなかった。

「ところで水ノ助、おれに付いてくるというのなら、その得意の耳で玉屋にいた花火職人がどこにいるか捜してくれんか」

「玉屋の職人ですか」

「そうだ。十年前に玉屋は失火で家を焼いて江戸追放となった。だが、職人ならまだそこいらに残っているかもしれん」

「捜してみるだ」

水ノ助は空の大八車を引いて、そこでいったん和三郎と別れた。

和三郎は土屋家江戸家老の一人、黒田甚之助とつながりを取る方法を考えた。その人物こそ、江戸にあって唯一人の忠直公の味方となる人物だったのである。

六

「おう、岡殿ではないか。岡和三郎」

そう声をかけられたのは、日本橋から続く川にかかる江戸橋を渡りかけたときである。

そのとき和三郎は、いったん船松町の家に戻って、懐にある二百両の金子と両替屋から預かった数枚の手形、それに検校から受け取った千両の預かり証を置いてこうと思っていた。金蔵にあった四千両の他に、田川源三郎が個人的に貯め込んでいた三百両余りの金子をネコババしていたのである。吉井にも用事があった。家がますます物騒になるので、うねには両親の家に戻るように伝える必要もあった。

「おう、どうした。京都に行ったのではなかったのか」

声をかけてきたのは坂本竜馬と名乗る土佐っぽである。浜松で散々な目に遭った原因はこの男にある。相変わらず色黒で黒子の中に顔がある。

「京都はいかんちゃ。腰抜けばっかりぜよ。この国が夷狄に侵略されようとしちゅー危機をまるで分かっちょらん」

「そうか。それで江戸に戻ってきたのか」

「戻ってきたのはひと月ばかり前じゃ。だがざんじ品川に行かされた。下屋敷があるきの。それに幕府からは湾岸の警備を命じられちょる。ようやく一昨日、任を解かれて江戸に戻ってきた」

和三郎は竜馬が肩から担いでいる防具袋に目を止めた。

「道場に通っておるのか」

「そうよ、四月から千葉道場に通いがやき」

「玄武館か」

千葉周作に入門するとはすごい度胸だと感心した。

「いや、儂が通うのは新材木町の千葉定吉様の道場じゃ。周作先生の弟じゃ。けんど、定吉先生は鳥取藩の指南役をしゅき、息子の重太郎さんにこじゃんとしごかれた。えらい、ことうたぜよ」

「そうか。おれは中村一心斎殿の弟子になった。浜松でおぬしも会うたやろ」

「誰ぜよ、そりゃあ」

「あの得体の知れない老人の剣客だ」

ああ、あの妖怪か、と竜馬は呟いてしきりに頷いている。

「ほいたら、あれからあの妖怪に会うたかよ」

「箱根湯本で会うた。山賊どもを剣も交えずにあっという間に気絶させた。怖気をふるったぞ」

「それで弟子入りか」

あっけにとられた様子で竜馬は和三郎を見つめた。

「うん、それで弟子入りじゃ。それでおぬしは今どこに住んでおる。築地の中屋敷か」

「そうじゃ。おんし詳しいのお」

和三郎は笑った。土佐藩の中屋敷は西本願寺の北側にあり、築地川に囲まれた堀の一角にある。外を歩くたびに目に入れている。

「あたり前や。おれは鉄砲洲の船松町におる。おぬしとはお隣さんじゃ」

和三郎は竜馬に詳しい場所を教えた。

「まっことおまんさとは縁があるのお」

二人は霊岸島の八丁堀を抜けて白魚橋を渡った。橋の上から本多主膳正の上屋敷を通して、土佐藩中屋敷の屋根が望める。甍がくわっと並んでいる。

「おんしんとこで飯は食えるか」

竜馬が痩せ犬のように舌を出して聞いてきた。

「食える。しかし、命がけだぞ」

「ほんなこたあ、飯に比べりゃ、大けなことじゃないき」

その返答を和三郎は頼もしく感じたが、同時に少々軽く考えているなとも思った。敵を引きつけるのが役目である以上、いずれあの家が襲われるのは目に見えていたからである。少なくとも、死地から蘇った田川源三郎は黙ってはいまい。

田川源三郎は悪企みをするために生まれてきたような男だ。一時は領主の座を狙っていたのではないか、と和三郎は思っている。

田川が船松町の家を襲うようにしむけたのは、無論和三郎の計略である。

七

これはまいったな。

旗本の安井家をそっと出た後、和三郎はそう呟いて項を掻いた。

九十九長太夫の誘いに乗ったのは、人殺しを生業としている者が集まる中に、和三郎を襲った例の町人の形をした者たちも来るかもしれないと思ったからである。

そいつらもその夜集まった十八名の中にいた。あいつだと思ったのは蝮男である。無論、それはあだ名で和三郎が勝手につけたに過ぎない。和三郎は紺色の手拭いを被っていたので、連中が和三郎に気づいたかどうかは分からない。しかし、もう一度手合わせをする機会はありそうだった。

ただし、今夜みなを召集した殺し屋の頭領の依頼を、和三郎が断った場合である。すると集まった殺し屋がみな敵になる。

密談の場ですぐに返答を求められたので、今更イヤとはいえず、九十九も報酬にいささかの不満があるとはいえ、引き受けざるを得なかった。

二十人近くの浪人者を前に、三人の殺しを命じた鼻筋が曲がった小男は誰だったか分からなかったが、その奥に頭巾をして隠然と座っていたのは、越前野山藩土屋家番頭の中越呉一郎であることは想像がついた。そのギョロリとした品のない目玉と獅子鼻（ししばな）は、頭巾を被っても隠しようがなかった。いつの間にか中越が上府していたことも、驚きのひとつだった。

てっきり狙いは、芸州浅野家の今中大学による、家中改革派の一掃にあると思い込んでいた和三郎は、殺し屋の頭領が、越前野山にいるはずの土屋家の家臣だと知ってうめいた。

（いよいよ決行する気だな）

殺す対象の名前を告げられた時、悪寒が走った。鼻筋が斜めに曲がった小男が最初に挙げたのは、土屋家江戸家老の黒田甚之助だった。

昨日、黒田とつなぎができ、和三郎が直接黒田と会ったのは、筋違橋門を出て和泉橋（いずみばし）を渡った、神田花房町（かんだはなぶさちょう）にある、小さな料理屋である。そこではこんにゃくと焼いた小鯛（こだい）を食わされただけである。黒田も和三郎も酒を飲まなかった。

家老の黒田が部屋住みに会ってくれたのは、和三郎が来るのを待ち望んでいたからである。それで和三郎は、密かにお年寄り田村半左衛門の命を受けて、直俊君を陰ながら護る剣客が、国許から到着するのを今や遅しと待っていたことを知った。同時に、江戸入りしてからの和三郎の動静にも気を配っていたという。

茶屋「よしみ屋」で五人の者から不意打ちを食らった時、医者を手配してくれたのも、黒田の手の者であることも分かった。

そこで和三郎はこれまで出会った不可思議な出来事を語った。黒田は自分の命がいつ狙われても不思議ではない、とずっと思っていたようだ。丸味を帯びた好々爺（こうこうや）とも思える表情から、その心根を窺い知ることはできなかったが、自分には周囲を護る者があるから大丈夫だ、ということを繰り返し語っていた。

しかし、殺し屋軍団の密会の場で、いざ刺客の餌食として黒田甚之助の名が出されると、安閑としてはいられないと和三郎は焦った。自分を除いた十数名にいちどきに襲われたら、絶対に防ぎきれない。

水ノ助と吉井に命じて、昨日花火職人から手に入れた火薬を用意してあるが、それを十数名の刺客に対して、いかに使うか、今一生懸命考えているところなのである。

二番目に、殺しの対象として男が指名したのは、

「大石小十郎。これはさる藩の指南役を務めている。腕は立つ」

大石小十郎。国許の武田道場の師範で、道場を武田甚介師範からまかされた人物である。和三郎と背丈は同じくらいで、顔つきもいかつい。三十半ばの男盛りである。

二年前まではまったく歯が立たなかったが、今年になって五本の内、二本は和三郎が取れるようになっていた。その成長ぶりを大石小十郎は、手放しに喜んだわけではない。むしろ、不審な表情をしていた。

(大石さんが江戸に来ていたのか)

武田師範も大石も、そんな素振りは微塵も見せなかった。それに大石小十郎は国許では武田師範に代わって、忠直公の剣術指南役を務めることになっている。

(もしかしたら、大石さんはうらとは違って、もっと大事な使命を帯びておるのかもしれん)

そこで和三郎ははっと気がついた。

(うらが囮になったのは、敵の狙いを大石さんからそらすためだったのか!)

しかし、何故、自分なんかより数段腕の立つ大石さんの囮に仕立てられなくてはならなかったのか。お年寄りの田村半左衛門の気心が知れなかった。

すると、和三郎の疑問を推し量ったように、密談の場をしきっている鼻の曲がった小男が言葉をついだ。

「この大石なる人物は、七歳になる小わっぱを連れておる。この子供も一緒に首を刎(は)ねるのじゃ。いや、それが敵の大将だ。名代であっても大将である以上、討ち取らねばならん。二人は下谷御成(したやおなり)街道沿いの堀出雲守(ほりいずものかみ)の屋敷に匿(かくま)われておる」

直俊君だ、と和三郎は思った。

大石小十郎こそ、本物の直俊君の護衛だったのだ。素晴らしい人選だと和三郎は舌を巻いた。大石小十郎の腕こそ郡内一である。福井藩の師範代と立ち合って破ったこともある。和三郎が五本の内二本取ったところで、所詮は竹刀(しない)稽古に過ぎない。

「しかし、この二人を匿っておるのは出雲守ではない。同じ邸内に屋敷を持つ堀唯之介(ただのすけ)という者だ」

(兄者だ！)

唯之介、という名は田川源三郎からも聞いたことがなかったが、それが堀家の内、五千石を引き継いだ腹違いの兄であることはすぐに分かった。

「この者も一緒に殺れ。堀唯之介は堀という姓を使ってはいるが、堀家とは血縁関係にはない。遠慮なく殺ってよいぞ」

和三郎の胸の動悸がそのときほど激しく脈打ったことはない。

(自分が兄を暗殺する殺し屋軍団の中にいるのか!)

そのとき、直前で刺客同士を裏切り、逆に十数名を相手に奮戦する己の姿を想像して武者震いが出た。

鼻の曲がった小男は、そこで報酬の話をしだした。

「黒田甚之助を殺った者たちにはひとり頭五両出す。黒田は越前野山土屋家の江戸家老だが、殺害するに、それほどの人数を割くこともあるまい。しかし、名乗りをあげる者があれば何人であろうと、一人頭五両ずつ出す。たれかおるか?」

肩のあたりまで手を挙げる者が数名いたようだ。隣に座っている九十九長太夫の肩が一瞬動きかけたが、結局挙手はしなかった。鼻曲りは満足そうに頷いた。

「ではその者たちはここに残り、作戦をたてることにする」

そこまでいうと、小男は後に控える中越呉一郎を振り返って、何言かいった。

「それから出雲守の屋敷に斬り込む者たちだが、最低十二名は必要だ。大石小十郎と堀唯之介に各五名、わっぱの大将に二人だ。もっと多くてもよいぞ。名乗りをあげろ」

すると、ほとんどの者が挙手したようだ。傍にいる九十九長太夫の手も挙がった。

仕方なく和三郎もそっと手を肩まで挙げた。

「よろしい。今手を挙げた者もここに残れ。各人十両ずつの報酬だ。一番働いた者には特別に褒美が出る」

なに、十両か、と声をあげる者もいた。いかにも少ないという不満の声である。

「相手はご指南役というではないか。五人で一どきにかかれるものではないし、最初に突っ込んだ者は必ず殺られるぞ。不公平ではないのか」

と声高に文句をいう浪人もいた。

「挙手はしたが、儂は抜ける」

「儂もじゃ。三十両なら考え直してもよいぞ」

その場で席を立った者が二人いた。そうでない者も殺しの報酬には不満があるらしい。

九十九もその一人で、たった十両か、と和三郎に向かって呟(つぶや)いた。

小男の背後にいる番頭の中越呉一郎が、頭巾の上から何事か囁いた。小男は頷いた。

「まあ、待て。あわてるな。報酬についてはも一度考慮する」

小男は両手を広げてその場を静かにさせた。

「それからついでといってはなんだが、本所菊川町に土屋家の下屋敷がある。ここにおるのは四、五名の男と女だけじゃ。そこにも七歳になる小わっぱがおる。こいつには岡和三郎という若い剣客がついておるが、まあ、大したことはない」

脇にいる九十九の腕の肘がぴくりと動いた。

「この小わっぱと岡を、ふたりまとめて殺した者には一両出そう。ついでなのじゃから、一両で充分じゃろ」

その申し出に何人の者が手を挙げたのかは知らない。和三郎は話が終わる前に、そっと座を抜け出した。安井の家を出ると、そこで項を掻いたのである。

(おれは一両首か)

暗い道を歩き出すと、待ってくれ、と声を出して駆けてくる者がいた。

「おい、これはどういうわけじゃ」

九十九は息も荒くそういった。和三郎は足を急がせた。角を曲がり、両国橋の方とは反対側の河原に向かって行く。九十九は黙ってついてきた。

「つけられている」

そう和三郎はささやいた。

「二人か」

「いや、三人だ。おぬしはそっちに曲がれ。おれが最初に迎え撃つ」

和三郎は角の路地を曲がると身を伏せた。ぱらぱらと足音がして、二人の男の影が前を塞いだ。

和三郎はすでに鍔元（つばもと）を切っている。居合い切りの隠し技である。鍔元を先に切っておけば、剣はすんなりと抜ける。鍔元を切る音をたてることがないので、相手にも気づかれることはない。

一人の男の影が大きく伸び上がった。だが陰で潜んでいる和三郎には気づかない。

和三郎は、左手で剣を抜き、背中を見せている男の背後から首を斬り上げた。声もたてずに男は倒れた。血がすごい勢いで噴き出している。

その血しぶきを避（よ）けて和三郎は横に跳んだ。その刹那、あわてて振り向いたもうひとりの男の顎を正面から斜め上に斬り上げた。がつんと骨を砕く鈍い音がして、手に重い衝撃がきた。

男は剣を抜こうとして柄に手をかけたが、できることはそこまでだった。だめ押しの形で和三郎の剣が腹を真横に斬り裂いたからである。

(蝮男か)

路地の向こうから九十九が現れた。どうやら残った一人は九十九が片付けたようだった。九十九の腕もまんざらではないらしい。

「おい、これは一体どういうわけじゃ。これでおれも人殺しの仲間入りだ。人を斬ったのは初めてなのだ」

九十九の顔が青黒く沈んでいる。どこからか灯火が入ってくるので、黒ずんだ頬肉が錆(さ)び付いた刃(やいば)のように鈍くひかっている。

八

その九十九の背後から別の影が現れた。

白い歯が影に浮いている。全身から殺気が漂ってくる。

「おぬしが生きておったとはな。驚きじゃ」

尖った頬骨に月の光が当たって銀色に砕けた。怒り肩が小刻みに揺れている。

「大川平兵衛か」

「そうじゃ。てっきり鉄砲洲の神社でくたばったと思っておったが、おれの斬り口が甘かったようだ」

「おぬしも殺し屋の一味か」

「そうではない。おれは取次役の根津から用心棒を頼まれただけだ。どんな物騒なやつが今夜の密談に紛れ混んでくるか分からんからな。しかし、岡、おまえまで刺客の対象になっているとはおれも知らなかった」

大川はそう言いながら間合いを詰めてきた。剣先の二間先まで来た。

「おぬしがどんな人物なのか今日まで知らなかった。だが、これで晴れて仇同士になったようだな。おれは先代の忠国様の徒士組頭だった者だ」

「九十九氏、下がっておれ」

う、と唸る声を残して、九十九長太夫は月光の届かない闇に隠れた。

大川は間合いに入ると静かに抜刀した。和三郎はすでに抜いている剣を正眼に構えた。

大川は先に間合いを詰めてきた。そうしながら、逆八相に構えた。

通常いわれている八相の構えは、右耳まで拳を振り上げ、親指で耳を覆う。右の脇がしまり、その脇を決して開けることなく、一気に斬りかかる。敵の小手を打つのである。

その際、左の手首ではなく、遠い方の右の手首を狙う。しかし、それは見せかけで、実際に斬るのはやはり敵の左の手首である。

先手をとられて狼狽気味に柄を上げた敵には、容赦なく敵の左脳を打ち砕く。

だが、大川が構えたのは、右腕を胸の前から回して、自分の左の耳の斜め後ろまで拳を上げた逆八相なのである。初めて剣を合わすものは、それだけで戸惑いを覚える。神道無念流の道場に通う門下生に対して、師範は逆八相を奇手だとして嫌う。その構えを取る弟子は破門になりかねない。

しかし、あえて大川はその奇手を和三郎に浴びせてきた。見下している証拠である。

和三郎は正眼の構えから、切っ先をほんのわずかだけ相手の左眼に向けた。

相手にしてみれば、右眼に向かって刃が向けられていることになる。一撃を加えるにも、相手の防御が万全に思える。しかもわずかなためらいが、相手に攻撃する隙を与える。

和三郎は道場では竹刀の先を相手の右眼につける。相手にしてみれば、左眼に竹刀の先がつけられ小手を狙われている感覚に陥る。師範の大石小十郎が不機嫌になったのも、そのような教え方は武田派一刀流では教授しなかったからである。

それは和三郎自身が編み出した剣法だった。

しかし、今は大川の逆八相に対して剣の切っ先をかすかに左にずらした。和三郎にとっては、大川が構えた剣の形を攪乱（かくらん）することができると同時に、いつでも打ち込むことができる。

しかし、決闘では待っていることの方がつらい。そんな自信はどんな剣客にも生まれることはない。命の選択は紙一重なのである。

だが、和三郎は今や敵となった相手が、一撃を下そうと、虎視眈々（こしたんたん）としているのを知っていた。和三郎を格下だと見ているのが、和三郎に利をもたらしている。

（無想の剣）

刹那、大川の剣先が、和三郎の瞬きの動きを捉えて振り下ろされた。

和三郎の眼はその鋭い振りを捉えていた。大川の剣と交差して剣をすり上げると、大川の首から肩にかけて切っ先を振り下ろした。

ガツンと手応えがあった。

大川は前によろめいた。その顔面を和三郎は蹴り上げた。うおっ、とどこからかしゃがれ声があがった。

大川の上体が浮き上がった。信じられないという驚嘆と疑念の思いを乗せた目玉が食いついてくる。

和三郎は大川の胸の中心に向けて刃を突き刺した。

「グ」

大川の口から大量の血が吐き出された。じっと見ていると、体を大蛇のように丸めた大川は、頭から地面に突っ伏した。痙攣(けいれん)が大きく二度起き、それきり動かなくなった。

（先生、木刀ではこの大蛇を退治できませんでした。多分、一生かかってもできないと思います）

和三郎は中村一心斎の飄々(ひょうひょう)とした態度と、二川(ふたがわ)の岩山で神仏と向かい合っていた、この世のものとは思えない厳しい眼力を思い出していた。

「切り落とし」

そう呟いていた。今、和三郎が使ったのは古くから一刀流に伝わる「切り落とし」の技である。相手の振り下ろされる剣を、剣の側面に張り出した鎬(しのぎ)を使って斬り上げる。

相手の剣はその鎬に邪魔されて、一瞬目標を見失う。しかし、敵はそのことに気づく前に、斬り返して落ちてきた刀の剣先で斬られているのである。

後の先。

秘伝を伝える者はそう簡単にいうが、それは自分では剣を取れなくなった者が、弟子に残す説法である。実際に真剣を持って敵と向かい合えば、すべては空白になる。その空白には恐怖心が残っている。それに勘づいた者が死ぬのである。

ほんの紙一重だった。

（やはり）

と和三郎は思い返していた。自分の技量が相手を凌駕したのではない。相手が自分を甘く見たところに、隙を見出しただけなのだ。

（勝ちを拾った）

心からそう思った。不思議な気持ちだった。

どこかで人の気配がした。

「九十九長太夫氏」

「なんだ」

間髪を入れずに返答がきた。その声には、相手を凌駕しようとする、空威張りめいたおかしさが含まれている。

「どうだ、おれの仲間にならんか。三十両出す」

「さ、さんじゅう両。嘘だろ、おぬしそんな金がどこにある？」

「前金などとケチなことはいわん。すぐ三十両出す。例の船松町の家に先に行って待っていてくれ。吉井か水ノ助という者がいるはずだ。おれはその前に行くところがある」

「お、おい、待て」

　構わずに、和三郎は走り出した。

　菊川町の下屋敷に向かって死ぬ思いで走った。裾を捲り上げるのさえもどかしかった。永代橋を渡り終えると、不意に野犬が吠えた。

　かまわずに北に向かって走り続けた。左の耳に大川の流れが響きわたってくる。下屋敷の門は閉ざしているだろうが、塀を乗り越えてまでも沙那に伝えなくてはならないことがあった。

「明朝すぐに江戸を発て」

　そういったときの、沙那の反応を想像したくはなかった。だが、これ以上、江戸にいてはどんな災難が降りかかるか知れたものではない。

（何も知らないふりをして、故郷の土を踏むのが一番いいんじゃ）

　道も半ばを過ぎたところで、からげた裾に飛びついてくるものがあった。何だ、と振り返ると野犬が裾に嚙み付いている。狼のように眼光が金色に光っている。痩せてはいるが、その根性には敬服すべきものを感じた。あるいは自分と同じ臭いを野犬に感じたのかもしれない。

和三郎はいったん足を止めた。野犬の荒い息が顔にかかった。そうか、血の臭いがするのかと思った。

「あわてるなよ、これからおれは大切な用事があるのだ。付いてきてもよいが、あまりハアハアやるな」

野犬は和三郎に撫でられたまま、おとなしく聞いている。

和三郎は再び走り出した。堀唯之介の名も大石小十郎のことも、今ではどうでもいい気がした。下屋敷にいる沙那と、直俊君に仕立てられた小わっぱがいとおしかった。

あの二人を死なせてはならない。

和三郎はただひたすら走った。

野犬が傍まで追ってきた。その表情には余裕がある。吉備団子をやるから加勢しろ。そう命じたつもりだった。

ひょいと横を向くと野犬はいきなり速力を上げ、あっという間に和三郎を追い抜いていった。

「アホかー」

静かな町にその怒声がこだました。野犬を追って和三郎は負けずに走った。

「沙那さん」

そう叫んだ。大きな黒い瞳が濡れている。憂い顔が身にしみた。叫びながら、和三郎は命がけで走った。

解説

縄田一男

〈和三郎江戸修行〉も、本書『愛憐』で三巻目。江戸入りしてからの本格的な活躍がはじまり、物語もいよいよ佳境に入って来た。和三郎も、お家騒動の進捗と共に田舎出の青年剣士からハードな男へと変貌を遂げてゆく。

が、本書の物語がはじまった時点では、まだそのような気配はない。

美貌の許嫁、沙那とともに甘酒を飲みながら、その沙那の美しさに、「頭の中で猿と犬と、ついでに雉も混じって吉備団子を前に一悶着起こしている感じ」で「(しっかりせんか)」と己を鼓舞しなければならない羽目となる。このあたりの呼吸は、多くの青春小説をものしてきた作者ならではのものといえるだろう。そして、和三郎は、沙那の一挙手一投足に「狂喜乱舞」している。

その嬉しさの中にあっても、和三郎は、己と沙那が藩の意向にがんじがらめになっていることに思いをはせ、「(武士とはつまらないものだな)」と思うのだが、本書で描かれる武士のあり方は、とてもそんなものではない、この一巻の後半に向かって繰り広げられる闘争の中で、彼はきっとこう思うだろう――武士は封建時代の奴隷であると。

そしてだいいち、和三郎は沙那との逢瀬にうつつをぬかすより、江戸下屋敷に住む次なる領主、直俊君を陰ながらお護りするという密命があるではないか。その中で和三郎も人の表裏を学ぶようになる。そして我知らず沙那の行為は、和三郎に刺客を近づけることになっている……。

そしていよいよ和三郎は、江戸へと入ってゆく。

和三郎の目は一つの定点カメラとなって、金杉橋↓愛宕神社↓築地鉄砲洲↓江戸城筋違橋門と、私たちを百万人都市、江戸へと誘っていくが、その一方で越前野山藩の内紛が幕閣に知れたらという思いが胸を悩ませる。そして板倉神明宮から新橋↓出雲町↓南八丁堀↓西本願寺までゆくと果たし合いを迫られ、場所と日時を切られる。

そして、その果たし合いを前に、和三郎は己の出生の秘密に近づくことになる。

私は、このあたりまで読んで、作者の手並にうなってしまった。普通、こうした連作長篇となると、解説の冒頭に、〝ぜひ一巻目からお読み下さい〟と書かねばならぬものだが、和三郎と沙那との関係にしても、彼の出生の秘密の鍵を握る竹俣兼光作の脇差にしても、作者は作品の要所要所で一巻、二巻で示しておいた伏線を読者に喚起している。従ってこの連作は、三巻目から読んでも、何ら差し支えなく面白くできているのである。そして予期せぬ決闘と、それに続く獺に似た男の登場――。

次なる〝命からがら〟は、和三郎にとっては文字通り〝命からがら〟の連続。傷だらけの和三郎は、それを悟られぬよう果たし合いに向かうが、剣鬼、大川平兵衛に追いつめられ、自分は死ぬ、と思った瞬間、思わぬ助け舟が――。

和三郎を助けたのは、芸州浅野藩にいられなくなったという逸見弥平次。和三郎とは縁の武士であった。そして、ここから作品は二重構造となり、にわかに面白さも倍増する。すなわち、お家騒動がふたつ――。

その中にあって和三郎は、外国の脅威が日本に迫っている中、お家騒動をしているときではない、という青年にまで成長している。とき正に嘉永六年。

そして、ストーリーテリングに長じた作者のこと、ここで滅法艶やかな歌比丘尼おもんも、再登場。その一方で和三郎は沙那と久々の再会を果たす。が、いちばん大切なことは「(結局、何も語れなかった)」と和三郎は肩を落とす。ああ、よきかな青春。が、それも一瞬、沙那を襲う者までもが現われる。
一方、逸見弥平次ら、改革派を襲う刺客に対しては、和三郎も一切の情を捨てている。正に斬るか斬られるかの真剣勝負なのだ。

そして和三郎の前には、一巻目からの因縁の相手、瀬良水ノ助が現われる。さあ、ここで会ったが百年目と、講釈師なら勢いよく張扇を鳴らすところだろう。
ここではじめて和三郎は、逸見に自藩でのお家騒動のことを話し、正に武士は相見互いといった境遇であることを確認し合うことになる。その中にあっても、やはり作者は中村一心斎をめぐる剣譚を忘れず、本書のモチーフの一端である、和三郎の剣を通しての成長という側面を書き継いでいく。

そして和三郎は、捕まえた水ノ助の哀しい身の上話を聞くが、お家騒動の一連の黒幕への追及の手はゆるめない。その中にあって和三郎は、

一方、たかが四万三千石を己一人のものにするために、二百六十の家来、その家族、さらには民を路頭に迷わせようとする狂気の前領主がいる。それに追随してまで命を乞う家来がいる。

（今、うらにできることは何か）

と使命感に燃える。と、ここでも、和三郎の出生に関するヒントがまたひとつ

のがある。

——。いや、その秘事は確定してゆくのだ。そしてなぜ、自分が江戸行きの囮とされたのか、その謎も氷解する。さらに生死不明の父への思いもまた和三郎の胸の内に湧きあがる。このあたり、一巻目から読んでいる読者には、たまらないものがある。

一方、直俊君の傍にいる沙那も、この幼君が口にすることばの端々にさまざまな疑念を感じはじめる。こうなると和三郎は沙那と楽しい逢瀬を、という訳にはいかない。互いの胸に使命を刻んでいるからだ。だが勝算は薄い。しかしこうなれば、もはや逆襲に転じるしかないではないか。そして、堀出雲守の屋敷にいる真の世継ぎと和三郎の実の兄を狙う刺客集団の中に潜入した和三郎は、しかしながら、大川平兵衛と対決のときを迎えることになる。この相対する二人の剣士の詳細な対決シーンは、正に剣豪小説にも匹敵する面白さ。読んでいて、ゾクゾクしてくるではないか。

そして語られる「後の先」の真の意味。

この第三巻では、千葉周作の玄武館、斎藤弥九郎の練兵館、桃井春蔵の士学館、心形刀流の伊庭（八郎）道場と、江戸の剣術事情が語られるが、和三郎と彼らがかかわることは、将来、起こるのであろうか。

そしてまたも登場した坂本竜馬（さかもとりょうま）――彼は和三郎に「京都はいかんちや、腰抜けばかりぜよ。この国が夷狄（いてき）に侵略されようとしちゅー危機をまるで分かっちょらん」と語るが、本書でも、ペリー来航のことがしばしば記されており、竜馬は、この連作長篇の幕末史的な側面を端的に象徴する存在だ。

そして、この一巻のラスト――こんなところで終わるとは殺生ではないか。これまでは第一巻の終わりでも、第二巻のそれでも、面白さに満足して次巻を待つという決着のつけ方だったが、本書に関しては、四巻目を待てないという思いでいっぱいだ。吉備団子ではじまった三巻目は、これまた吉備団子で終わるという余裕を作者は見せているが、ここで終わられてはたまったものではない。

和三郎は走る、走る、下屋敷へ向かって――。そして読者も第四巻が刊行されるまで、走る、走る、どこへ向かって？

本書において、和三郎の青春が次なる段階へと向かって走り出したことだけは確かなようだ。

しかしながら、次巻が待てない！

（なわた・かずお　文芸評論家）

本書は、集英社文庫のために書き下ろされた作品です。

高橋三千綱の本

和三郎江戸修行　脱藩

幕末、越前野山領。小身藩士の三男・岡和三郎は無駄飯食いの立場ながら、剣の腕には覚えがあった。藩重役から江戸での剣術修行を命じられ、旅立つが……。剣客青春ロードノベル！

集英社文庫

高橋三千綱の本

和三郎江戸修行　開眼

浜松城下で坂本竜馬と別れ、和三郎は幕末の東海道を一路、江戸へ。剣客修行の傍ら、吉田松陰、横井小楠、そして師匠・中村一心斎との出会いが彼を成長させていく。シリーズ第二弾！

集英社文庫

集英社文庫　目録（日本文学）

高嶋哲夫　交錯捜査　沖縄コンフィデンシャル
高嶋哲夫　ブルードラゴン　沖縄コンフィデンシャル
高嶋哲夫　富士山噴火
高嶋哲夫　楽園の涙　沖縄コンフィデンシャル
高嶋哲夫　レキオスの生きる道　沖縄コンフィデンシャル
高嶋哲夫　バクテリア・ハザード
高杉良　管理職降格
高杉良　小説 会社再建
高杉良　欲望産業(上)(下)
高梨愉人　二度目の過去は君のいない未来
高野秀行　幻獣ムベンベを追え
高野秀行　巨流アマゾンを遡(さかのぼ)れ
高野秀行　ワセダ三畳青春記
高野秀行　怪しいシンドバッド
高野秀行　異国トーキョー漂流記
高野秀行　ミャンマーの柳生一族
高野秀行　アヘン王国潜入記
高野秀行　怪魚ウモッカ格闘記　インドへの道
高野秀行　神に頼って走れ！　自転車爆走日本南下旅日記
高野秀行　アジア新聞屋台村
高野秀行　腰痛探検家
高野秀行　辺境中毒！
高野秀行　世にも奇妙なマラソン大会
高野秀行　またやぶけの夕焼け
高野秀行　未来国家ブータン
高野秀行　謎の独立国家ソマリランド　そして海賊国家プントランドと戦国南部ソマリア
高野秀行　恋するソマリア
高野秀行・清水克行　世界の辺境とハードボイルド室町時代
高野秀行・清水克行　辺境の怪書、歴史の驚書、ハードボイルド読書合戦
高橋一清　編集者魂　私の出会った芥川賞・直木賞作家たち
高橋克彦　完四郎広目手控
高橋克彦　天狗殺し　完四郎広目手控II
高橋克彦　いじん幽霊　完四郎広目手控III
高橋克彦　文明怪化　完四郎広目手控IV
高橋克彦　不惑剣　完四郎広目手控V
高橋源一郎　ミヤザワケンジ・グレーテストヒッツ
高橋源一郎　競馬漂流記　では、また、世界のどこかの観客席で
高橋源一郎　銀河鉄道の彼方に
高橋千劔破　江戸の旅人　大名から逃亡者まで30人の旅
高橋三千綱　和三郎江戸修行　脱藩
高橋三千綱　和三郎江戸修行　開眼
高橋三千綱　和三郎江戸修行　愛憐
高橋安幸　根本陸夫伝　プロ野球のすべてを知っていた男
高見澤たか子　「終の住みか」のつくり方
高村光太郎　レモン哀歌―高村光太郎詩集
瀧羽麻子　ハローサヨコ、きみの技術に敬服するよ
竹内真　粗(そ)忽(こつ)拳(けん)銃(じゅう)
竹内真　カレーライフ

集英社文庫　目録（日本文学）

集英社文庫　目録（日本文学）

田中優子　世渡り万の智慧袋　江戸のビジネス書が教える仕事の基本
田辺聖子　花衣ぬぐやまつわる…(上)(下)
田辺聖子・工藤直子　古典の森へ　田辺聖子の誘う
田辺聖子　夢渦巻
田辺聖子　鏡をみてはいけません
田辺聖子　楽老抄　ゆめのしずく
田辺聖子　セピア色の映画館
田辺聖子　姥ざかり花の旅笠　小田宅子の「東路日記」
田辺聖子　夢の櫂こぎ　どんぶらこ
田辺聖子　愛を謳う
田辺聖子　あめんぼに夕立　楽老抄II
田辺聖子　愛してよろしいですか？
田辺聖子　九時まで待って
田辺聖子　風をください
田辺聖子　ベッドの思惑
田辺聖子　春のめざめは紫の巻　新・私本源氏

田辺聖子　恋のからたち垣の巻　異本源氏物語
田辺聖子　ふわふわ玉人生　楽老抄III
田辺聖子　恋にあっぷあっぷ
田辺聖子　返事はあした
田辺聖子　お気に入りの孤独
田辺聖子　お目にかかれて満足です(上)(下)
田辺聖子　そのときはそのとき　楽老抄IV
田辺聖子　われにやさしき人多かりき　わたしの文学人生
谷瑞恵　思い出のとき修理します
谷瑞恵　思い出のとき修理します2　明日を動かす歯車
谷瑞恵　思い出のとき修理します3　空からの時報
谷瑞恵　思い出のとき修理します4　永久時計を胸に
谷瑞恵　木もれ日を縫う
谷川俊太郎　わらべうた
谷川俊太郎　これが私の優しさです　谷川俊太郎詩集
谷川俊太郎　ONCE　—ワンス—

谷川俊太郎　谷川俊太郎詩選集　1
谷川俊太郎　谷川俊太郎詩選集　2
谷川俊太郎　谷川俊太郎詩選集　3
谷川俊太郎　二十億光年の孤独
谷川俊太郎　62のソネット＋36
谷川俊太郎　谷川俊太郎詩選集　4
谷川俊太郎　私の胸は小さすぎる　恋愛詩ベスト96
谷崎潤一郎　谷崎潤一郎犯罪小説集
谷崎潤一郎　谷崎潤一郎マゾヒズム小説集
谷崎潤一郎　谷崎潤一郎フェティシズム小説集
谷村志穂　なんて遠い海
谷村志穂　シュークリアの海
谷村志穂・飛田和緒　ごちそう山
谷村志穂　ベリーショート
谷村志穂　妖精愛
谷村志穂　カンバセーション！

集英社文庫

和三郎江戸修行（わさぶろうえどしゅぎょう）　愛憐（あいれん）

2020年10月30日　第1刷　定価はカバーに表示してあります。

著　者　高橋三千綱（たかはしみちつな）
発行者　徳永　真
発行所　株式会社 集英社
東京都千代田区一ツ橋2-5-10　〒101-8050
電話　【編集部】03-3230-6095
【読者係】03-3230-6080
【販売部】03-3230-6393（書店専用）
印　刷　凸版印刷株式会社
製　本　凸版印刷株式会社

フォーマットデザイン　アリヤマデザインストア　マークデザイン　居山浩二

ISBN978-4-08-744173-4 C0193